기다림은 희망을 낳고

기다림은 희망을 낳고

아기, 결혼을 완성하는 마지막 퍼즐

민선미 지음

W미디어

아기는 선물처럼 찾아온다!

길을 잃었을 때는 잠시 걸음을 멈추고 주변을 둘러보면 의외로 나아갈 길이 보이기도 한다. 우리 부부의 임신을 향한 여정이 그랬었다. 결혼하고서 한동안 아이가 들어서지 않자 조급한 마음에 정신없이 앞만 보고 달려갔었다. 주변의 반응은 아예 관심을 넘어 큰 압박으로 느껴질 정도로 지나치기만 해서 더 부담되었다. 모든 걸 내려놓고 도망치고 싶고 포기하고 싶던 때가 한두 번이 아니었음에도 혼자가 아닌 둘이었기에 우리 부부는 더 단단해질 수 있었다.

돌이켜보면 처음부터 병원을 찾지 않았던 것이 문제였다. 주변에서 우리를 생각한다며 권하는 점집, 한의원, 체질 개선하는 곳 등 귀동냥에 팔랑거리며 찾아다녔던 세월은 정신적, 금전적으로 말할 수 없는 낭비였다. 임신이 잘 되기로 소문난 한의원과 체질 개선 약들이 몸에는 좋았을지 모르겠지만, 임신에는 도움이 되지 않은 걸 보면 나와는 맞지 않았다. 결국엔 의료기술의 힘을 빌렸지만, 희망의 끈을 놓지 않았기에 내 아기를 품에 안을 수 있었다. 눈물과 영광으로 점철된 그 길을 다시 돌아보고자 한다.

결혼식을 올린 게 엊그제 같기만 한데 벌써 이만큼의 세월이 흘렀다니 그저 놀랍기만 하다. 돌아보면 그동안 단꿈 같은 신혼생활만 이어졌던 게 아니라 콩닥콩닥 다투기도 했고, 이유 없이 토라지기도 하는 등 우리 부부가 하루하루 사는 모습 또한 남들과 별반 다르지 않았나 싶다.

다만 한 가지, 우리 부부에게 아기가 들어서지 않았다. 결혼하면 당연히 아기가 품에 안겨 올 줄 알았는데 해를 거듭해가도 우리의 간절한 바람은 이루어지지 않았다. 언제부터였는지 "왜 아직도 애가 없나요?"라고 묻는 사람들의 안부 인사가 귓전에서 날카롭게 들리기 시작했다. 내가 아기를 안 가지려고 하는 게 아닌데 안 생기는 걸 어떡하느냐고 쏘아붙여 버리고 싶었지만, "글쎄요…" 하고 쓴웃음으로 답하고는 얼른 그 자리를 뜨는 게 상책이었다. 그래야 내가 상처를 덜 받기 때문이었다.

임신 문제로 힘들어하는 부부들 사이에 입소문으로 유명한 한의원에 꼭두새벽부터 줄 서서 기다린 끝에 진맥을 받고 한약을 받아오기도 했다. 시어머니 손에 이끌려 용하다는 한의원을 찾아 배에 뜨거운 뜸을 뜨는 건 기본이고, 임신에 효능 있다는 백도라지도 정성껏 달여먹었다. 그렇게 온갖 정성을 다한 후 정기적으로 찾는 산부인과 방문을 앞두고는 이번 달에는 꼭 임신에 성공하겠지 하는 기대감으로 들뜬 마음이 되기도 했다. 그러나 현실은 차갑기 그지없었다.

이번에는 꼭 "축하합니다! 임신입니다!"라는 말을 들을 거라 기대하고 갔는데, 돌아오는 말은 불임 판정이었다. 불임이라 말했던 의사는 자신이 말해놓고도 거북스러웠는지 "요즘은 난임이라고 말하죠"라고 에둘러 표현을 바꾸었다. 불임不姙은 임신이 되지 않는다는 의미인 데 비해, 요즘은 임신을 방해하는 요소를 치료하고 시술하여 임신할 수도 있다는 의미인 난임難姙으로 바꿔 부르기 시작했다.

불임이라는 말보다 난임이라는 말이 한 줄기 희망처럼 들렸다. 내가 난임 판정을 받을 때만 해도 의사가 "당신은 안타깝게도 불임입니다"라고 말하는 게 다반사였다. 난임 진단을 받고 집으로 돌아오는 길에 우연히 올려다본 하늘은 유난히 누르락붉으락했다. 마치 불치병 진단을 받은 듯 내 인생이 끝났다고 낙담했다. 결혼하면 당연히 아이를 낳아야 한다는 유교적 관념이 지배하고 있던 터라 난임은 비난의 구실이 되어 내 숨을 옥죄기까지 했다.

모든 난임 부부가 그렇듯 우리 부부도 처음에는 병원 진단을 오진이라며 믿지 않았다. 그러면서도 용하다는 난임 병원은 물론 양방, 한방 할 것 없이 전국을 누비고 다녔다. 빨간 깃발이 꽂힌 점집도 마다하지 않으며 드나들기도 하고, 부모님이 다니던 절까지 따라다니며 기도를 올렸다. 지푸라기라도 잡아야겠다는 심정으로 온갖 종교도 마다하지 않고 하나님, 부처님 외치던 모습이 바로 엊그제 같다. 심지어는 좋은 소식이 온다는 말을 믿고 부모님께서 써오신 부적을 베개 속과 침대보에 넣고 잠자리에 들기도 했다. 하루빨리 임신만 된다면야 못할 게 없었다. 양가 부모님을 비롯해 일가친척들까지 발 벗고 나섰지만 돌아오는 건 정신적, 육체적, 금전적 고통일 뿐이었다.

당시 나는 난임이라는 사실 자체보다 그것을 누군가 아는 게 더 두려웠다. 항상 주변을 의식하고 두리번거리는 게 버릇이 되었고, 길을 걷다가 아는 사람을 만나면 임신 소식을 물을까 먼발치에서라도 보일라치면 도망가기 바빴다. 그들은 아무렇지도 않게 대했지만, 스스로 방어벽을 치고 담을 쌓아 올렸다. 그렇게 난임을 숨기면서 임신에 성공해 보란 듯이 아이를 품에 안고 내가 정상인이라는 것을 증명하고 싶었다.

우리 사회는 아이 없이 사는 젊은 부부들을 보면 안타까워하며 동정의 눈빛을 보낸다. 보통 사람처럼 대하는 게 아니라, 측은하게 바라보는 그 눈빛이 아픈 곳을 계속 후비는 것처럼 고통스러웠다. 당당하게 난임이라 말하면 되는데 그 말이 목구멍에 걸려 나오지 않았다. 아기를 못 낳는다는 게 불치병에 걸린 환자처럼 취급받아 온 과거와 전혀 다를 게 없었다.

누구나 난임이라는 말을 입에 담기조차 싫을 것이다. '설마 나는 아니겠지'라고 생각할 수도 있다. 난임 전문병원에 다니면서 우리 부부는 궁금한 게 있어도 누구에게 물어볼 데가 없었고, 떳떳하게 드러내놓고 말할 수도 없었다. 다행히 난임 카페를 통해 궁금한 정보를 얻고 위로받을 수 있었다.

그러면서도 한편으론 나만은 예외일 거라며 자연 임신이 되는 방법을 찾아 헤맸다. 나와 유사한 사례인데 자연 임신으로 성공했다는 글들을 찾아 수십 번을 정독하며 무작정 따라 했다. 임신에 좋다는 음식, 임신에 좋다는 운동법이 있으면 필사적으로 찾아다니며 먹고 실천하려 애썼다. 돈을 주고 살 수만 있다면 억만금의 빚을 져서라도 갖고 싶은 게 바로 '아기'였다.

여전히 바닥을 모르고 해마다 기록을 경신하고 있는 우리나라 출산율은 미래를 암울하게 만들지만, 그런 가운데도 아이를 갖기 위해 각고의 노력을 기울이는 부부들이 많은 것도 사실이다. 난임 부부가 줄어들기는커녕 오히려 눈에 띄게 증가한 양상이다. 아기를 키우기 힘든 사회 환경에 더해 주변에서 흔히 볼 수 있는 비혼주의, 딩크족이 초저출산의 문제일 수도 있지만, 그들 가운데 일부는 난임을 겪다 눈물로 아기 낳기를 내려놓았을 가능성도 배제할 수 없다. 난임을 받아들이기 싫은데다가 주변에 그러한 사실이 알려지는 게 두려워 일찌감치 포기했을 수도 있다.

그들에게 있어 가장 힘든 점은 가족들이 처음부터 난임 사실을 믿어주지 않았거나, 또는 걱정해주는 척 위해주는 말들이 가슴 깊은 곳에 파고들어 생채기를 낸다는 사실이다. 나 역시도 가족들에게 털어놓기보다는 난임 카페에 가입하여 난임 부부들과 서로 위로받고 정보를 공유하며 용기를 얻었다. 실패해도 다시 일어설 수 있는 긍정 에너지도 생겼다.

여러 어려움을 극복하고 임신에 성공해 두 아이를 키우고 있는 지금은 웃으며 돌아볼 수 있기에, 당시의 나와 같은 고통을 겪고 있는 분들에게 힘을 북돋아 주고자 용기를 내었다. 난임을 겪는 부부에게 위로를 주고 희망을 전하고자 굳이 아픈 과거를 들춰

내고 고통스러운 순간들을 끄집어냈다. 내가 눈물로 인내해온 시간을 진솔하게 담아냈다. 나의 실수나 시행착오는 물론 임신에 도움 되는 생활 루틴과 관련 정보들을 경험에 바탕을 두고 풀어냈다. 무엇보다 좋은 정보보다 넘쳐나는 나쁜 정보로 인한 금전적, 육체적, 정신적인 소모를 막고 싶은 마음이 크다.

난임을 겪으며 나를 다스리는 법을 저절로 배운 것 같았다. 불안감이 밀려오는 가운데 '나'라는 중심을 잃지 않기 위해 명상을 하곤 했다. 마음의 고요를 유지하기 위해 불순한 생각을 흘려버렸다. 일상 가운데 반복되는 임신 실패는 나를 단련하는 시간이었다. 낙담과 희망 사이에서, 필요한 정보와 흘려보내야 하는 말 속에서, 몸과 마음을 채워야 하는 순간과 반대로 비워야 하는 순간 속에서 시간은 톱니바퀴처럼 맞물려 어김없이 지나갔다. 내가 난임을 통과한 7년의 과정 가운데 어느 하나 귀하지 않은 것이 없고, 어느 하나 의미 없는 것은 없었다.

난임은 증상도 없이 찾아와서 질병에 버금가는, 아니 어쩌면 그보다 더한 고통을 안겨주기에 그로 인해 상한 감정은 좀처럼 가시지 않는다. 매 순간 긍정과 자기애와 합리적인 판단으로 중심을 잘 잡아야 한다. 게다가 난임은 언제 끝날지 모르기에 지치기 쉽다. 따라서 난임 부부에게 임신은 결코 단거리 달리기를 하듯 계획해서는 안 된다. 임신이라는 마라톤은 달리는 동안 피곤하고 괴롭고 포기하고 싶은 순간이 분명 찾아온다. 그때 포기하지 않고 끝까지 달리면 마침내 결승선을 통과할 수 있다. 아기를 품에 안는 순간, 임신과 출산에 이르기까지 힘들고 고통스러웠던 일들이 눈 녹듯이 말끔히 사라지고, 오히려 가슴 벅찬 기쁨으로 충만해졌다.

난임이라는 진단을 받은 부부라면 특히 전략적인 계획을 세워야 실망도 덜한 법이다. 아기를 낳고 싶은 간절함이 있다면 최대한 빨리 난임을 인정하고 전문가를 찾아 진단받기를 권한다. 늘 긍정의 마음으로 부부가 함께 몸에 맞는 운동법, 식이요법 등을 실천해나가다 보면 자신도 모르는 사이에 갑자기 달라진 몸의 변화를 감지할 수도 있다. 매일 작고 느린 발걸음일지라도 멈추지 않고 하루를 만들어가는 과정을 반복하면 꼭 결실인 아기가 품에 안겨 올 것이라는 믿음을 잃지 말길 바란다.

먼 길을 돌아올 뿐이지, 신의 선물인 '아기'는 분명히 당신을 찾아온다.

차례

♡ 경이로운 순간

꿈에 그리던 아이를 내 품에 안는다고 상상하니 가슴 설레는 날들의 연속이었다. 그런데 첫 아이를 기다린 만큼 분만 예정일이 다가오자 제대로 잠을 이룰 수 없었다. 만삭으로 배가 많이 나오면서 아기가 방광을 눌러 밤사이에도 소변이 마려워서 수시로 깼다. 그동안 자연분만을 하는 게 무섭지 않다고 큰소리쳤었는데 막상 출산일이 임박해오자 두려움이 스멀스멀 피어나기도 했다. 만삭의 몸으로 양말 신기도 불편했고, 침대에서 누웠다가 일어나기도 얼마나 거추장스러운지 아이를 낳는 일이 이렇게 힘들 줄이야…

　　새벽마다 다리에 쥐가 나서 "으악!" 소리 질러도 남편은 코를 골며 잘 잤다. 흔들어 깨워 왼쪽 다리를 가리키면 남편은 눈을 거의 반쯤은 감은 상태로 몇 번 주물러주고는 "됐어? 이제 됐지?"라며 귀찮은 티를 숨기지 못했다. "어, 약간 풀렸어"라고 말하기가 무섭게 등을 휙 돌리고 자는 것이 못내 서운했다. 게다가 잠귀가 밝은 남편은 다들 임신하면 잠을 많이 잔다는데 왜 그렇게 화장실을 자주 가냐며 타박하기 일쑤였다.

사실 우리 부부는 담당 의사의 권유를 받아들여 난임 병원을 졸업하고 집과 가까우면서 분만이 가능한 산부인과로 전원을 했었다. 우리가 시험관 아기 시술로 임신에 성공한 것을 초진부터 알고 있던 전원 산부인과 의사는 우리가 불안해할까 봐 그동안 몇 번이고 안심시키는 말씀을 해주셨다. 그럼에도 늦은 첫 출산이라 설레고 떨리는 마음은 어쩔 수 없었다.

아기가 나오려고 신호를 보내는 진통은 시기는 물론 장소를 가리지 않고 시작된다고 하기에 막달 검사를 하면서 출산 가방은 진즉에 싸 두었다. 남편은 저녁 회식을 하는 날에도 절대 술을 마시지 않았고, 어디를 가더라도 전화기를 손에서 놓지 않고 24시간을 대기했다. 신호가 오면 당장 병원에 달려갈 작정이었다.

그러나 현실은 드라마에서 본 것처럼 갑작스럽게 그런 일이 닥치지 않았다. 분만 예정일이 되기 전에 진통이 오거나, 미리 양수가 터지는 일은 일어나지 않았다. 오히려 분만 예정일이 벌써 일주일이나 지났다. 만삭인 내 배는 눈에 띄게 부풀어 올랐고, 늘어난 몸무게만큼이나 뒤뚱뒤뚱 오리처럼 걸었다. 곧 아기를 만난다고 생각하니 다급해졌다. 그런 내 마음에는 아랑곳없이 '꿈동이'는 세상 밖으로 나올 기미가 없었다. 양가 부모님들은 수시로 전화를 걸어 초조한 마음으로 이제나저제나 소식이 들려오기를 기다리셨다.

의사는 아기가 너무 커지면 자연분만이 어려워질 수 있으니 그때는 유도분만을 하는 게 좋겠다 하시며, 그 사이에 자연적으로 진통이 찾아오기를 기도하라고 말씀하셨다. 나는 진통이 빨리 시작되기를 바라는 마음으로 아파트 15층 계단을 걸어 올라갔고, 내려올 때는 엘리베이터를 이용했다. 그리고 틈나는 대로 오리걸음을 걸었는데도 소용없었다. 분명 난임 카페에서는 막달이 되면 아기도 나올 준비를 하느라 아래쪽으로 내려온다고 했는데 '꿈동이'는 천하태평이었다.

그런데 임신 중기 때부터 자연분만을 하겠다고 열심히 산모 요가를 다닌 내가 유도분만을 하게 될 줄은 꿈에도 몰랐다. 유도분만은 자발적인 분만 진통이 시작되기 전에 임신 종결을 위해서 인위적으로 약물을 투여해 자궁 수축 진통을 일으키게 하는 시술이다. 분만 촉진제를 넣고 24시간 안에 진통이 시작되지 않으면 제왕절개를 해야 할지도 모를 상황이었다. 아기가 위험해지면 곧바로 수술이라고 강조하셨다.

유도분만을 예약한 날 아침, 꼭두새벽부터 어머님의 전화가 빗발쳤다. 출산 가방을 챙겨서 산부인과로 이동하는 차 안에서 제발 자연적으로 진통이 시작되기를 기도했다. 남편은 나를 입원시키고 난 뒤에 한마디 상의도 없이 어머님을 모시고 가족 분만실로 들어왔다. 첫 손주를 낳으려는 나를 혼자 내버려둘 어머님이 아니었지만 섭섭한 마음이 들었다. 차라리 친정엄마였으면 얼마나 좋을까 하는 아쉬움이 진하게 들었다.

가족 분만실은 입원실과 별반 다를 게 없었다. 소파에 태동 검사기, 간접조명과 출산에 관련된 응급 장비들이 비치되어 있었다. 오전 9시에 분만 촉진제를 투여하고 경과를 보면서 계속 주사약을 늘렸음에도 점심시간이 지나서도 진통이 없었다. 드디어 오후 3시가 넘어 미미하게 진통이 간헐적으로 오기 시작하더니 점점 진통 간격이 규칙적으로 왔다. 저녁 먹을 시간이 되자 진통 때문에 배가 고픈 건지 아픈 건지 분간이 안 갔다. 그 와중에도 '힘을 주려면 배고프면 안 되는데?'라는 생각이 머릿속을 떠나질 않았다.

진통이 시작되자 출산 굴욕 3종 세트가 진행됐다. 관장, 내진, 제모가 바로 그것으로, 제일 먼저 관장을 했다. 간호사가 약을 넣고 5분을 참으라고 했는데 1분도 참기 어려웠다. 진통인지 관장약 때문인지 통증이 계속됐다. 내진은 간호사가 손을 자궁 안으로 넣어서 얼마나 자궁이 열렸는지 확인하는 건데 어찌나 아픈지 '억' 소리가 절로 나왔다. 마지막으로, 제모는 회음부 절개할 때 음모에 붙어있는 세균감염을 막기 위해서였다.

시간이 흘러 저녁때가 되었는데 밥이 나오지 않았다. 이미 관장을 해서 그런지 계속 금식이었지만, 이온 음료와 물만 먹으라고 했다. 분만하다 속이 울렁거려서 토할지도 모른다는 이유에서였다. 어머님과 남편은 교대로 저녁을 먹고 돌아왔음에도 분만의 진행속도가 달라지지 않자 "아직 그대로냐?"라는 말을 해서 나를 서운하게 했다.

계속 진통이 오지 않자, 간호사는 가만히 누워만 있지 말고 운동실로 가서 짐볼 운동과 오리걸음을 하는 게 좋다고 재촉했다. 아랫배는 더 아래로 내려와서 걸을 때마다 찌릿찌릿해서 한 발짝도 떨어지지 않았다. 그래도 아기를 빨리 만나보고 싶어서 낑낑대면서 움직였다.

초산이라 진통이 쉽게 오지 않을 거라 예상했지만 시간이 멈춘 듯이 더뎠다. 내가 가족 분만실에서 진통이 오기만을 기다리는 동안 옆방에 산모가 들어왔다가 나가는 소리가 들렸다. 출산은 순서가 없는 거였다. 나보다 늦게 입원하고도 얼마 지나지 않아 산모가 아프다고 "악~ 악~" 소리를 몇 번 지르더니 곧바로 출산했다. 곧이어 또 다른 산모가 들어오는 소리가 요란하게 들리는데 내 분만실만 고요하고 적막했다. 참으로 인간의 욕심이란 끝이 없다고 애를 잘 낳는 것도 부러웠다. 임신도 내 뜻대로 되지 않듯이 분만하는 일도 하늘의 뜻이라는 것을 깨달았다.

진통이 걸리면 사람마다 개인차가 있다고 들었지만 처음 해보는 분만이기에 내가 순풍 낳을지 골반이 열리지 않아 제왕절개를 할지 아무도 알 수 없었다. 하늘에 계신 신만 알 뿐이었다. 차츰 진통의 강도는 세지고, 간격은 좁아졌다. 몸이 꼬일 정도로 통증이 전해졌다. 진통이 허리로 올 수도 있고, 배로 올 수도 있다고 했는데 어딘지 모르겠다. 미칠 듯이 아팠다가 잠시 괜찮아지는가 싶으면 또다시 쥐어짤 듯이 아팠다. 옆에 어머님이 계셔서 아파도 소리 한 번 지르지 못하고 미칠 것 같은데, 그런 나를 보고 어머님은 대견하다고 하셨다. 어머님께 칭찬을 들어서 그런지 저절로 "으악~" 하는 소리가 나오는 통증에도 입을 틀어막았다.

내가 18시간 동안 분만실에 머무는 동안 간호사 교대근무가 있었고, 내진은 여러 차례 이어졌다. 분만실 간호사에게 잘 보여야 분만이 편하다고 해서 남편에게 감사의 표현으로 커피를 부탁했다. 어머님은 생각보다 분만이 늦어지니 피곤한 기색이 역력했지만, 남편이 집으로 태워다 주겠다고 해도 한시라도 빨리 손주를 보고 싶은 마음에 사양하셨다. 그 때문인지 나보고 누워만 있지 말고 운동하라고 간호사보다 더 재촉했다. 연이어 내진이 여러 번 반복됐지만, 간호사는 남편과 어머님이 보이지 않게 천으로 가려주었다. 간호사가 올 때마다 긴장되고 걱정이었는데 한시름 놓았다. 속설로 남편이 분만하는 과정을 보면 부부 사이가 멀어진다는 말을 들었기 때문이다.

진통이 시작되면 이제 까무러칠 정도로 숨을 쉴 수 없는 통증이 배를 쥐어짰다. 잠깐 진통이 멈추면 몇 초 살 만해졌다가도 다시 말로 표현하지 못할 진통이 반복됐다. 진통 간격이 점점 짧아지면서 그동안 배웠던 호흡법이 새까맣게 생각나지 않고 "으흑"

하는 흐느낌만 저절로 나왔다. 그동안 겪어왔던 것과는 차원이 다른 통증이 몰려왔다. 남편도, 간호사도 "엄마! 호흡에 집중하세요. 천천히 들이마시고, 천천히 후~ 내쉬세요"라고 외쳤다. 마치 나와 같은 통증을 느끼는 것처럼 간호사의 표정이 일그러져 있었다. 이러지도 저러지도 못하면서 무통 주사를 놔달라고 소리 질렀다.

하지만 무통 주사도 자궁이 4cm 열려야 맞을 수 있다고 했다. 얼마나 더 이 고통을 견뎌야 끝이 나는지 까마득했다. 그냥 처음부터 제왕절개를 하겠다고 할 걸 하는 생각이 스쳐 지나갔다. 그때 간호사가 다급하게 "산모님, 아기 심박 수가 떨어져요. 호흡 깊게 들이마시고 천천히 내쉬세요"라고 소리치는 말을 듣자, 희미해져 가던 정신이 번쩍 들었다. 아이가 잘못될까 두려워 미친 듯이 숨을 들이마시고 내쉬었다. 당황한 간호사가 내 코에 산소 줄을 연결해주고 심호흡을 크게 하라고 했다. 이윽고 아기 심박 수가 정상 범위로 돌아왔다.

온몸에 땀범벅이 되고 정신이 혼미해지자 자궁이 다 열렸는지 간호사들이 분주해지면서 의사 선생님이 들어오셨다. 그 와중에 신기했던 일은 이틀 동안 누워있던 침대가 분만 의자로 변신했다는 사실이다. 의사 선생님은 차분한 목소리로 자신이 힘주라고 할 때 힘줘야 한다면서 한번 연습해 보자고 하시며, 특히 힘주는 포인트를 잘 느끼라고 했다. 그동안 산모 요가를 꾸준히 다니면서 연습했던 호흡법과 힘주기를 실전으로 해내는 날이었다.

시간이 갈수록 점점 숨이 가빠지고 언제 호흡해야 하는지 모를 정도의 고통이 시작됐다. 이러다 죽을지도 모른다는 생각이 들었고, 어질어질 앞이 뿌옇게 보였다. 이제 '꿈동이'도 밖으로 나올 준비를 했는지 진통 간격이 사라지고 계속해서 배를 비틀어 짰다. 마치 밖으로 밀고 나오는 느낌이 들었다. 양쪽 난간을 붙잡고 힘을 주는데 몇 끼를 굶어서 그런지 힘이 없었다. 내 몸에 남아있는 젖 먹던 힘까지 총동원해서 끙하고 힘을 주었다. 수 개월간 배웠던 호흡법도 생각나지 않았다. 생리적인 현상에 몸을 맡겨야 했다. 아래에 힘을 줘야 하는데 잘못해서 눈에 힘을 줬는지 눈동자에 실핏줄이 터졌다. 나도 이렇게 힘든데, 아이는 나보다 더 힘들었을 테니 우리의 만남은 눈물겨웠다.

마침내 20○○년 ○월 ○일 새벽 6시 38분. 우리의 '꿈동이'가 세상에 나왔다. 유도분만을 시작하고 18시간 만에 금쪽같은 내 새끼를 품에 안았다. 눈물이 차올라 아기 얼굴이 잘 보이지도 않고, 형언할 수 없는 감동이 밀려오면서 세상을 적막에 빠뜨렸다.

이윽고 간호사가 가슴 위에 올려준 아이는 초록색 천으로 감긴 채 자지러지면서 울어 재꼈다. 아기 울음소리가 쩌렁쩌렁 귓전에 맴도니 안심됐다. 내 눈으로 보고, 손으로 만져보고 나서야 진짜로 엄마가 되었다는 게 믿어졌다. 주체할 수 없는 눈물이 앞을 가렸다. 의사 선생님은 아기를 받자마자 산모가 제일 궁금해 하는 게 무엇인지 알고 있는 것처럼 손가락과 발가락을 확인하고 정상이라고 알려줬다.

그래도 미덥지 않은지 직접 두 눈으로 확인하고 나서 한숨을 돌렸다. 문득 아기를 만져보고 싶어 손을 뻗자 내 엄지손가락이 아기 얼굴 절반을 가렸다. 자칫 힘 조절을 잘못하면 아기 얼굴이 으스러질까 놀라서 얼른 손을 내렸다. 대신 떨리는 목소리로 "꿈동아~ 건강하게 태어나줘서 고마워! 그동안 엄마 뱃속에서 지내느라 힘들었지?"라고 말했다.

간호사는 신생아실로 가서 다양한 검사를 받아야 한다면서 아기를 내 품에서 데려갔다. 아주 짧은 순간 내 가슴 위에 머물렀는데 여전히 온기가 남아 느껴졌다. 아쉬움이 가시지 않은 가운데 내게 남은 후처리가 있었으니, 회음부 절개한 부분을 꿰매야 한다고 하는데도 전혀 통증이 전해지지 않았다.

몇 시간 동안 내 곁을 지키면서 내 손을 꼭 잡아준 남편의 눈동자는 촉촉하게 젖어있었다. 남편은 분만의 마지막 순간에 아이의 탯줄을 자르면서 덜컥 겁도 나고 얼떨떨했다고 했다. 주변에서 탯줄은 아빠가 자르는 것이라고 해서 쉬운 줄 알았는데 가위를 가져가는 순간 머릿속이 복잡했다고 했다.

정신을 차려보니 밤새 출산 소식을 기다리셨을 양가 어르신들이 떠올라 전화를 드렸다. 마치 노심초사 기다리시기나 한 듯이 금방 받으시는데, 수화기 너머로 "둘 다 건강하냐? 잘했다"라는 말에 가슴 뭉클함이 벅차올랐다. 둘 다 무사하다는 말이 이렇게 감사한 말이었다니…

문득 내게 한 가지 궁금한 것이 찾아왔다. 아이가 양수에만 있다가 세상 밖으로 나올 때를 기억이나 할까? 세상을 어떻게 나왔는지. 아마도 기억한다면 아이와 나만 알 수 있는 공감대로 인해 모성애가 생긴다는 생각이 들었다. 아빠는 알고 싶어도 알 수 없는 고통과 기쁨이니까.

이제 그 모성애의 강을 거슬러 올라가려 한다. 어쩌면 뻔한 이야기로 다소 지루할 수도 있지만, 아기를 품에 안기까지 우리 부부의 눈물로 점철된 꿈을 향한 여정에 함께 하기를 권한다.

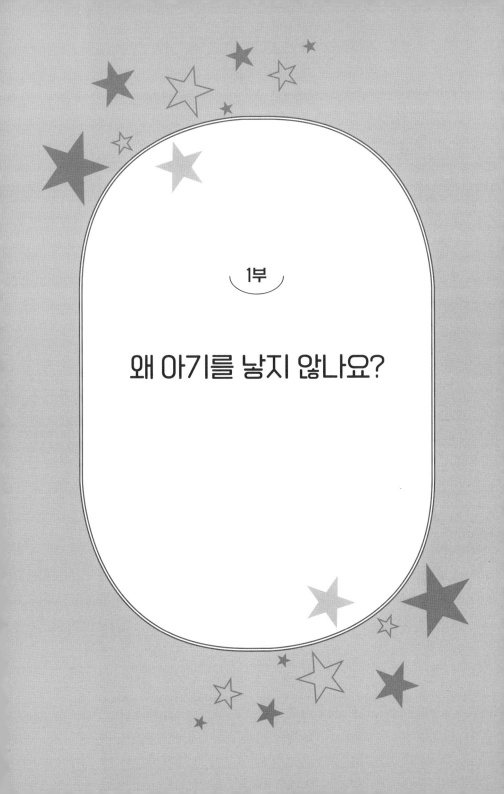

1부

왜 아기를 낳지 않나요?

첫눈에
콩깍지

어쩌면 그 남자가 내게 운명처럼 다가왔던 것이 아닌가 싶다. 처음 그를 만난 건 내가 디자인 회사에 단기간 아르바이트를 할 목적으로 입사해서였다. 대학을 졸업하고도 취업을 못 해 백수로 전전긍긍하다 형부 소개로 들어간 작은 회사였다.

직장이 집에서 출퇴근할 수 없는 거리라 처음에는 망설였는데, 용돈이라도 벌어 쓰라는 언니의 압박에 당분간만 얹혀살겠다는 다짐을 하면서 언니네 집으로 이사를 했다. 게다가 회사가 형부 사무실과 가까워 형부 차를 타고 함께 출퇴근하는 행운을 누렸다.

옆 사무실에 근무했던 남편은 머리카락이 황금빛으로 빛났고, 짙은 눈썹 아래로 푸른빛 안경을 쓴 날카로운 인상에다 얼굴은 삐쩍 마르고 키가 작달막했다. 그동안 추구해오던 내 이상형과는 정반대 모습이었지만, 그를 볼 때마다 주체할 수 없이 요동치는 내 심장 소리는 아무리 거부하려 해도 그것이 사랑임을 숨기지 못했다.

언니네 집이라지만 처음으로 집을 떠나 시작한 직장생활은 모든 게 낯설고 새로웠다. 그를 만나 연애를 시작하기 전에는 회사와 집만 오가며 단조롭게 생활했다. 평상시 퇴근하고 귀가해서는 조카를 돌보며 언니 부부와 즐거운 시간을 함께 보냈다. 내 개인 시간보다 거실에 모여 영화를 보거나 드라마를 함께 보면서 하루를 마감했다.

그런 다소 무료하면서도 평범했던 내 일상은 연애를 시작하면서 점차 활기를 띠었다. 직장에서 맡은 일이 아무리 고되고 힘들어도 퇴근 후 그와 데이트하느라 힘든지 몰랐고, 하루하루가 꿈길을 걸었다. 내가 아르바이트로 들어가 잠시만 머물다 떠나겠다는 직장을 장기 근속할 수 있었던 데는 그와의 연애도 한몫했다.

세상에서 아무리 감추려 해도 어느 순간 드러나는 것이 남녀 간의 연애라 했던가. 내 집이 아닌 언니네 집에서 직장을 다니니 조심하면서 이것저것 눈치를 살펴야 했다. 비밀 연애처럼 형부의 눈을 피해 가면서 데이트하는 게 쉽지 않았다.

형부가 연애한다는 것을 눈치채는 바람에 감시가 심해졌다. 언니와 형부는 나를 데리고 있다는 이유로 책임감을 느꼈는지 남편과의 결혼을 누구보다도 깐깐하게 따지며 반대했다. 형부는 그의 첫인상부터 트집을 잡으며 반대했지만, 그럼에도 내게는 희망처럼 빛나는 불꽃이었다.

사실 언니와 형부가 우리 결혼을 반대하는 데는 다른 이유가 있었다. 비 오는 날에 데이트를 마치고 그가 나를 집으로 바래다주다가 교통사고가 났었다. 도로공사로 파헤쳐진 흙더미를 발견하지 못한 상대편 차량을 피하려다 발생한 사고로, 불가피한 측면이 없지 않았지만 그 사고로 내가 병원에 입원하면서 부모님의 귀에 들어가는 일만 남았다. 만약 이런 모든 사실을 아버지가 알게 된다면 당장 불호령이 떨어져 언니도 혼쭐나고 나는 집으로 끌려들어갈 판이었다. 간신히 비밀로 하는 대신 언니와 형부의 바람대로 인연이 아니라며 그와의 애틋한 사랑은 이쯤에서 끝내기로 했다.

그와 헤어지기로 한 후부터 형부는 보디가드처럼 붙어 출퇴근시키며 나를 감시했다. 하지만 천생연분이었는지 끈질긴 남편의 구애로 2년 만에 다시 만나서 우리는 데이트를 즐겼다. 한결같은 마음으로 매일 e메일을 보내고 문자메시지로 안부를 전해 나를 감동시켰다. 그런 남편을 보면서 이 남자라면 한평생을 책임져줄 거라는 믿음이 생겼다.

하지만 집안 분위기를 생각하면 내심 걱정이 앞섰다. 엄한 아버지 밑에서 자랐기 때문에 내 의견을 내세우고 말할 기회가 거의 없이 항상 눈치를 살펴야 했다. 나뿐만 아니라 가족이 아무도 아버지 말을 거역하지 못했다. 엄마조차도 아버지에게 쩔쩔매는 모습을 본 게 한두 번이 아니었다. 오죽했으면 우리 4남매 모두 아버지가 원하는 고등학교와 대학교에 진학했고, 직장 선택까지도 아버지의 뜻에 따라야 했으니 무슨 말을 더하랴! 자식들의 의견을 묻기보다는 아예 선택권을 주지 않았다.

이런 현실에서 결혼 얘기가 오가면서 아버지께 허락받는 게 가장 두려웠는데, 오빠들이 나서서 남자는 남자가 잘 안다면서 술을 같이 마셔보면 알 수 있다고 도우미를 자처했다. 코가 비뚤어질 정도로 진탕 술을 마시면서 친해진 오빠들은 첫 조카 돌잔치에 그를 초대해서 아버지께 인사드리라고 귀띔해줬다. 일가친척들이 모인 시끌벅적한 잔칫날에 아버지께 소개하니 당황한 기색이 역력했다. 다행히 결혼을 허락하지는 않으셨지만 나중에 집으로 오라고 말씀하셨다.

내가 첫눈에 반한 그는 가부장적인 아버지와 정반대였다. 모든 일을 선택하기 전에 나의 의견을 물어봐 주었고, 내가 선택한 일은 최대한 성공적으로 마칠 수 있도록 기다려주고 응원해주었다. 태어나서 처음 느껴보는 묘한 감정이었다. 이때부터 아버지한테 얼른 벗어나 자유롭게 독립하고 싶은 마음에 결혼을 서둘렀다. 내가 늘 머릿속에 상상하고 바라던 대로 그는 누구보다 자상하면서 친절했고, 나는 친구들과 엄마에게 입이 닳도록 그를 자랑했다. 그렇게 우리는 4년의 연애를 끝으로 결혼에 골인했다.

닮은꼴
부부

결혼 후 가장 좋았던 점은 매일 아침 눈뜨면 둘이 함께 있다는 사실이었다. 결혼 전에도 뭐 그렇게 할 말이 많았는지 전화기가 뜨거워지는 줄 모르고 사랑을 확인했었지만, 이제는 손만 내밀면 언제나 닿는 곳에 있고, 다정한 모습을 매일 볼 수 있어 좋았다.

인생의 반려자로 천생연분을 만난다는 것은 얼마나 행운인가. 연애할 때부터 선호하는 음식, 좋아하는 가수와 음악도 어쩌면 이렇게 똑같을 수 있냐며 "대박! 우린 천생연분이야"라며 환호했다. 취향이 비슷한 사람을 만나는 것도 운명처럼 느껴졌다. 싫음에도 애써 맞춰주려고 하는 가식이 없었고, 잘 보이려 노력하지 않아도 대수롭지 않게 넘어가는 부분이 많았다. 가끔 튀어나오는 변덕스러운 내 성격도 그가 너그럽게 받아주면서 사소한 다툼조차 없는 거의 환상의 짝이었다.

부부가 되어 가장 행복하고 즐거운 시간은 퇴근 후 손을 꼭 잡고서 시장 보는 일과 집으로 돌아와 함께 먹을 저녁 식사를 준비하는 시간이었다. 둘이 소꿉놀이하듯 마트에서 사 온 재료를 손질해서 음식을 만드는 과정이 행복이었다. 천천히 재료를 다듬고 서툰 칼질로 요리하는 시간은 생각보다 꽤 걸렸지만, 내 손으로 처음부터 끝까지 직접 만들어 먹는 음식은 언제나 꿀맛이었다. 저녁 단골 메뉴는 부대찌개로, 데이트할 때 먹던 맛이랑 비교하면서 손수 만들어 먹으니 좋아하는 햄과 소시지를 맘껏 넣어 행복을 담아 끓여 먹었다. 남들이 보면 유치해 보일지라도 부부라는 이름으로 행복했다.

세상이 따뜻한 봄날만 이어진다면 얼마나 좋을까마는, 계절이 바뀌는 것이 순리이듯이 꿀 떨어지는 신혼생활은 오래가지 않았다. 먹는 데 진심인 남편은 시간이 지나면서 음식에 대한 평가 역시 지나치다 싶을 정도로 솔직해졌다. 내가 정성을 다해 끓인 콩나물국도 간이 맞지 않는다며 소금 달라 간장 달라 투덜거리는가 하면, 음식이 입맛에 살짝 거슬리기라도 하면 거침없이 지적했다. 자연스레 요리에 진심이던 내 의욕도 점차 사라지면서 의기소침해졌다. 겉으로 내색은 하지 않았지만, 아주 섭섭했다.

연애할 때는 의견 차이로 토라지거나 다투게 되면 전화를 안 받거나 피하면 그만이었는데 부부가 되고 나니 그럴 수 없었다.

남자가 결혼하면 백이면 백 모두 집밥을 선호한다는데 이유는 아직도 잘 모르겠다. 내가 결혼만 하면 매일 집밥을 차려주겠다고 약속했었는데, 돌이킬 수 없는 큰 실수였다.

연애할 때 전혀 걸림돌이 되지 않았던 삼시 세끼를 먹는 문제로 다투는 횟수가 늘어났다. 연애할 때는 어쩜 먹는 취향도 이렇게 같을 수 있냐고 놀랐지만, 그동안 남편이 맞춰주고 양보해줬다는 것을 그제야 알았다. 어린애 입맛처럼 햄과 달걀 반찬을 좋아하는 남편과 시골 냄새 가득한 청국장과 나물 반찬을 좋아하는 내 입맛은 극과 극이었다. 우리 부부가 덜 싸우려면 하루빨리 서로 좋아하는 음식을 맞추고 취향을 인정해줘야 했다.

매일 삼시 세끼를 책임져야 한다는 부담감이 커지자 예전에 엄마가 자주 "오늘 저녁은 뭐 해 먹을까?"라고 말하던 모습이 떠올랐다. 비로소 내가 아줌마대열에 들어서면서 매번 끼니 걱정을 하고 있다는 게 실감이 났다. 엄마가 했던 말을 내가 똑같이 하게 될 줄은 정말 몰랐다. 그럼에도 최대한 남편의 건강을 신경 쓰면서 정성을 다해 음식을 준비했다. 남편이 회사 일로 술자리가 늘어나면서 아침에 콩나물국과 황태해장국을 수시로 끓여주었다. 희한하게도 마음과 달리 손맛은 노력에 비례하지 않았다.

결혼에 대한 환상이 크면 클수록 신혼 시절에 많이 싸운다는 말을 인정하기 싫었다. 사소한 일로 다투고, 살았던 환경이 달라서 부딪히는 일이 당연하다는 것을 알면서도 속상했다. 남의 눈치

안 보고 절약하는 습관이 몸에 밴 남편이 좀생이 같았지만 지금 생각해보면 오히려 고마웠다. 시간이 흐르고 보니 서로 토닥거리며 다투던 일들이 쌓이면서 부부는 닮아 있었다. 서로에게 맞춰주다 보니 웃는 모습도, 걷는 모습도 닮아가고 있었다. 둘이 동네를 걷다가 보면 남매같이 닮았다는 얘기를 듣기도 했는데, 기분이 나쁘지는 않았다.

착한 며느리
콤플렉스

거리의 가로수들도 폭염을 이기지 못하고 잎을 늘어뜨린 한여름. 오후가 되어도 그 기세가 줄어들기는커녕 조금만 움직여도 땀이 주르륵 흘렀다. 지난 주말에 친정에 가느라 한 주를 걸렀던 탓일까, 나는 마음의 부담을 안고 시댁으로 가기 위해 퇴근을 서둘렀다.

퇴근을 준비하던 찰나에 여섯 시 "땡" 하자마자 걸려온 전화는 여전히 익숙하지 않은 시어머니셨다. '몇 분 후면 만날 텐데 무슨 일로 전화하셨지?'라고 생각하며 조금 망설이다 전화를 받았다. 전화 내용은, 내가 혼자 오는지 남편과 함께 오는지 물으셨다. 나와 결혼 전까지 막내아들인 남편을 어머님은 한집에서 품에 끼고 살아오셨다. 결혼하고 출가시킨 후에도 밑반찬이랑 다양한 김치를 부지런히 담그시고는 그걸 전해줄 겸 저녁 먹으러 오라고 우리 부부를 호출하곤 하셨다.

어머님에게도 며느리가 처음, 나에게도 시어머니가 처음이라 낯설고 어려운 존재라는 사실은 틀림없었다. 어머님은 먼저 친근하게 다가와, 그동안 딸이 없어 속상했는데 앞으로 며느리도 딸이라고 생각할 테니 편하게 "엄마"라고 부르라고 하셨다. "이제 나도 딸이 생겨서 세상 부러울 게 없어"라며 세상을 다 얻은 것처럼 좋아하시는 모습에 잔뜩 긴장하고 있던 마음이 풀어지며 한편으로는 복 받았다고 생각했다. "힘들게 일하고 퇴근해 집에 가서 밥해 먹으려면 얼마나 힘들어?"라고 하시며 "퇴근하면서 곧장 와서 차려주는 저녁밥 먹고, 집에 가서는 잠만 자고 다음 날 아침 출근하면 얼마나 편리하냐?"는 어머님의 배려가 그럴듯하게 들렸다. 남편의 잦은 회식과 야근으로 혼자 밥 먹는 나를 생각해주는 마음이 고맙게 느껴졌다.

그런데 정작 남편의 반응은 나와 영 딴판이었다. "토요일에 다녀왔는데 왜 또 가는지 귀찮지도 않냐?"라고 반문하며 자신은 앞으로 쭉 못 간다고, 너도 거절 의사를 분명하게 밝히라고 시큰둥하게 말했다. 오늘도 남편은 사실인지 핑계인지 모르겠지만 회사 일로 퇴근이 늦는다며 혼자 다녀오라고 말했다.

시댁은 직장에서는 물론 신혼 살림집에서 차를 타고 5분 거리에 있어 막상 전화를 받으면 안 갈 수 있는 그럴듯한 핑곗거리가 없었다. 아마 친정엄마였다면 엊그제 봤는데 왜 또 부르냐며 못

간다고 소리치고도 남았을 일인데, 아직 어머님이 조심스럽고 어렵기만 했다.

언덕배기 중간에 있는 초록색 철 대문 손잡이를 밀고 들어서자, 어머님은 마당에서 오매불망 기다렸다는 듯 반갑게 맞아주셨다.

"결혼하기 전에 네가 우리 집에 처음 왔을 때, 호박잎 쌈을 요즘 애들답지 않게 오물오물 맛있게 싸 먹던 모습이 생각나더라고. 마침 네가 좋아하는 연한 호박잎도 찌고, 된장찌개도 보글보글 끓이다 보니 먹이고 싶어서 오라고 했어."

이 말을 듣는 순간, 조금 전의 무겁던 발걸음과는 달리 어머님께 사랑받는다는 느낌이 절로 났다. 혼자 찾아갔던 터라 어머님과 둘이 저녁을 먹는 자리가 여간 신경 쓰이지 않았지만, 호박잎 쌈을 좋아하는 데다 잘 먹는 모습을 보여야 귀염받는다는 생각에 맛나게 먹었다. 자식들이 잘 먹는 것만 봐도 배부르다는 말이 있듯이 어머님은 내가 먹는 모습을 흐뭇하게 바라보셨다. 그리고 남은 호박잎을 지퍼 백에 싸주셨다. 아직 신혼 초라 부담스러운 마음에 손사래를 치며 극구 사양해도 막무가내로 손에 들려주셨다.

우리 부부는 신혼집에 정붙일 틈도 없이 주말이면 시계추처럼 본가와 처가를 번갈아 방문했다. 눈뜨면 출근했고, 퇴근하면 피곤하다는 핑계로 청소는 뒷전이었다. 결혼하면 어른이 된다고 했는데 왜 그런지 조금 이해가 됐다. 혼자의 몸이 아니고 챙겨야 할 가족이 배로 늘어났으니 그만큼 책임도 따르기에 제한되는 게 더 많았다. 남편과 알콩달콩 지지고 볶으며 사는 재미가 있을 줄 알았는데 양쪽 집안의 크고 작은 행사를 쫓아다니느라 연애 때보다 더 바빠졌다. 결혼하면 여행도 자주 다니자고 했던 남편의 약속은 시간이 갈수록 희미해지고 멀어져갔다.

결혼하면 아들은 효자가 되고, 딸은 효녀가 된다고 했던가. 반갑게 맞아주시는 어른들에 대한 보답이 더 맛있게 먹어주고 자주 찾아뵙는 일이라 생각했다. 시간이 흐를수록 식구는 자주 봐야 정드는 거라는 어머님 말씀이 머리로는 이해되는데 몸은 좀처럼 익숙해지지 않았다. 차라리 직장에서 일하는 게 편하다는 생각이 들 때도 있었다. 제대로 쉬지 못하고 피로가 쌓이면서 결국 몸살을 앓았다.

새 식구라는 부담감 때문인지 주변 눈치 살피느라 뭐 하나 내 마음대로 선택하고 결정하지 못했다. 그게 바로 마음의 병인 착한 며느리 콤플렉스였다. 특히 시댁에만 가면 거절하지 못해서 사서 고생하는 격이었다. 어른이 돼서 편식한다는 말이 듣기 싫어 더 복스럽게 입을 벌려 먹음직스럽게 먹으려 노력했다. 일단 배고프지 않아도 먹었고, 비위가 상하는 음식을 꾸역꾸역 삼킬 때도 있었다. 어른들께 잘 보이고 싶은 마음에 거절하지 못하고 억지로 먹다가 체하는 일이 비일비재했다. 당시 불편한 속을 달래기 위해 냉장고에 탄산음료를 쌓아두고 집에 오면 물처럼 마셨다.

남편은 그런 나를 답답하고 미련하다며 나무랐지만, 시댁은 시댁이었다. 남편은 한술 더 떠 연애할 때는 매사에 당당하게 행동하고 뜻을 굽히지 않던 아내가 결혼하고 나서 순한 양이 되었다면서 좋아했다. 하지만 금방 야생 헐크로 돌변하는 나를 상대하면서는 이중인격자라고 몰아세웠다. 결혼하고 남편과 한 공간에 머물면서 남자와 여자가 정말 다르다는 것을 온몸으로 부딪혀가며 옥신각신 다퉜다. 일편단심 남편의 사랑을 믿었는데, 그동안 내 마음을 얻기 위해 더러는 못마땅해도 맞춰주고 있었다는 생각이 떠나질 않았다.

존 그레이의 『화성에서 온 남자 금성에서 온 여자』에 남녀의 뇌 구조 자체가 달라 생각하고 반응하는 모든 영역이 다르다는 내용이 있다. 문제가 생기면 남자는 자신만의 동굴로 들어가서 그 문제에 몰두하며 혼자만의 시간을 보내지만, 여자는 어떤 문제가 생기면 누군가와 말하고 싶고 감정을 밖으로 배출해야만 해소된다고 한다. 사실 남편도 연애할 때는 내 얘기를 잘 들어주고 옹호해줘서 천생연분이라고 생각했는데, 이제는 서두만 꺼내도 "또 그 얘기야"라며 고개를 절레절레 흔들곤 "두 번 더 들으면 백 번째"라면서 귀를 막았다.

사랑하는 사람과 결혼해서 한 지붕 아래 같이 살아가는 일은 위대한 일이다. 그런데 막상 살아보니 환상이 깨지면서 현실은 아름답지 못했다. 지혜로운 아내, 착한 며느리가 되겠다는 것은 욕심일 뿐 전통적인 관념의 틀에 나를 억지로 끼워 맞추려다 보니 갈수록 힘들었다. 시간이 갈수록 점점 스트레스만 쌓여갔다. 겉과 속이 다른 나를 숨기고 좋은 척 연기를 한 탓이다. 이제라도 스스로가 어떤 아내, 어떤 며느리가 될 것인지 방향을 정하고 움직이는 게 스트레스에서 벗어나는 길이라는 생각이 들었다.

반갑지 않은
전화

"따르릉~~"

출근하는 남편을 배웅하고 현관문을 들어서는 동시에 집 전화벨이 울렸다. 이른 아침부터 딱히 전화가 올 데가 없어 그냥 안 받고 지나치려다 직감적으로 떠오르는 분이 있었다. 미리 내가 혼자 있는 것을 알고 전화한 것처럼 타이밍 한번 끝내줬다.

요란하게 걸려온 전화는 역시나 시어머니셨다. 시아버지는 출근하셨을 테고, 남편이 회사에 출근한 시간이라고 계산한 후에 전화한 것이 틀림없었다. 전화기 화면에 나타난 발신인을 확인하고 숨을 고르며 통화 버튼을 눌렀다.

"엄마인데~ 바쁘냐? 왜 아직도 소식이 없는 거니? 아침밥은 먹여 출근시켰냐?"

수화기 너머에서 쩌렁쩌렁한 목소리로 물음들이 연이어 쏟아졌다. 무엇부터 대답해야 할지 몰라 우물쭈물 시간을 끌고 있는데, 이미 혼잣말로 대화는 시작되었다. 한동안 숨소리조차 못 내고 잠자코 들으며 기다려야 했다.

어머님은 상대의 감정에는 관심 없이 밤사이 꾼 태몽 이야기를 꺼내고 싶어 안달이 난 듯 다급해 보였다. 말없이 머뭇거리는 내가 답답한지 더 크게 소리치는 어머님이 불편했다. 그 일이라면 어머님도 급하지만 내가 더 급한 마음이란 걸 모르시는 걸까 하는 마음이 스쳐 갔다. 어머님의 마음만 중요하지 내 마음 따위는 신경조차 쓰지 않았다. 나도 얼른 임신 소식을 전해드리고 싶지만 그러지 못하고 애태우는 속마음은 아랑곳하지 않으시고…

어머님 말씀을 듣고 있으면 똑같은 태몽을 어쩜 저렇게 매일 꿀 수 있는지 신기할 따름이다. 내 꿈에는 단 한 번도 나타나지 않는 태몽이 괜히 얄미웠다. 아무리 자고 또 자고 일어나도 태몽은커녕 그 어떤 꿈도 머릿속에 떠오르지 않았다.

기대에 부풀어 대답을 재촉하시는 어머님께 겨우 기어들어가는 목소리로 "아직 소식이 없는데요…"라고 말끝을 흐렸다. 내 입으로 이렇게밖에는 답할 수 없는 처지가 얼마나 어려운지, 얼마나 죄송스러운지 아실까 싶었다. 상처투성이가 된 마음을 간신히 잠재워 그나마 견딜 만했는데, 고요한 호수에 또다시 돌멩이를 던져 나를 한없이 비참하게 했다.

전화통화는 표정을 보여주지 않아도 목소리로 감정이 전달

된다고 생각했는데, 아닌가 보다. 어머님은 상대방이 불편해하고 듣기 거북한 말을 어떻게 이리 쉽게 하시는지 도저히 이해가 되지 않았다. 며느리의 속사정 따위는 묻지도 않고 끊임없이 자신의 이야기를 토해내는 긴 통화는 나를 숨 막히게 했다.

아침마다 걸려오는 어머님 전화 때문에 노이로제가 걸려서 TV에서 들려오는 전화벨 소리만 들어도 저절로 몸이 움찔했다. 어머님은 성격도 급하셔서 금방 전화를 받지 않으면 그냥 끊어 버리시기에 전화벨 소리가 울리면 전력 질주해서 전화를 받아야 했다. 그렇지 않으면 남편한테 전화를 걸어 내가 어디 갔는지를 꼬치꼬치 캐물었고, 곧바로 남편에게 전화가 걸려왔다.

"왜 엄마 전화를 안 받았어?"

남편은 다소 짜증 섞인 목소리로, 집안에서 하는 일이 뭐가 중요해 전화도 제때 못 받느냐며 타박했다. 주부가 하는 집안일을 하찮게 여기는 남편의 속마음이 그 말에 내포된 것 같아 섭섭했다. 언제나 같은 방법으로 전화하는 어머님 때문에 남편과 자주 다퉜고, 그 여파는 몇 날 며칠을 가기도 했다.

무엇보다 출근해서 일하는 남편에게 어머님이 내가 어디에 있는지 묻는 의도가 무엇인지 당돌하게 묻고 싶었지만, 괜한 오해로 의심만 더할 것 같아 입을 다물고 있으니 속앓이가 깊어갔다. 집에만 있는 나는 쓸데없는 의심을 받지 않으려면 전화벨 소리가 울리고 두 번 안에는 전화를 받아야 하는 스트레스를 고스란히 감수해야 했다.

시간이 갈수록 어머님의 의심과 관심은 풍선처럼 나날이 부풀어 갔다. 며느리인 나를 딸이라고 여긴다더니 자신의 소유물처럼 취급하는 듯했다. 하루가 멀다고 "아직도 무소식이야? 응? 분명히 내가 꿈을 꿨는데"라는 말로 나를 옥죄어왔다. 태몽은 왜 어머님에게만 나타나는지 억울하기만 했다. 하늘도 참 무심하시지. 태몽 꿈만 꾸어도 임신이 된다면 얼마나 좋을까?

문제는 당시에 남편은 아이보다 돈 버는 일이 우선이었다. 사업이 바빠져 매일 야근에 회식으로 고주망태가 돼서 새벽에 귀가하기 일쑤였다. 어머님은 그런 사정을 모르시는지 날이 밝기 무섭게 전화를 걸어 새로운 태몽 얘기를 전하시는데, 사실대로 말하기가 얼마나 힘든지 모르실 분도 아니시기에 그냥 내가 입을 다무는 게 편했다. 하늘을 봐야 별을 딴다는 걸 알면서도 모르는 척하시는 걸까, 남편의 일거수일투족을 꿰고 있는 어머님이 야속했다.

어머님은 입버릇처럼 남편 사업이 임신보다 우선으로 잘 돌아가야 한다며 위하는 척했다. 돈이 있어야 애도 잘 키울 수 있다고, 애가 뱃속에서 "응애" 하고 태어나는 순간 돈 들어갈 데가 얼마나 많은지 모른다며 돈은 많을수록 좋다는 말을 입에 달고 살았다. 형편이 어려울 때 아기를 키우는 일은 모두에게 안 좋은 일이라며 경험담을 늘어놓기까지 하셨다. 그러면서 때가 되면 아기는 선물처럼 자연스럽게 점지해준다며 서두르지 말라고 신신당부했다.

하루가 멀다고 재촉할 때는 언제고 느닷없이 서두르지 말라고 하시니 어느 장단에 맞춰야 할지 난감했다. 내가 할 수 있는 일은 그저 조용히 고개 숙이고 이럴 때도 "네", 저럴 때도 "네" 하고 의미 없는 대답으로 반응하는 것이다. 그런 내 모습을 보면서 남편은 내가 철없는 어린아이 같은지 자신만 믿으라고 자신만만했다.

아무리 자연의 순리를 따른다고 하지만 허무하게 소식 없이 한 달 두 달 시간은 잘도 흘렀고, 우리의 간절함과 초조함은 더해져만 갔다. 그것이 엄청난 스트레스가 되어 우리는 극도로 불안한 시간을 보내고 있는데, 어머님은 왜 아무런 노력을 하지 않고 나이만 먹느냐며 수시로 전화해 나를 다그쳤다.

착한 남편도 어머님의 그런 전화에 점점 불만이 쌓여갔다. 나에게만 퍼붓던 잔소리를 남편에게도 시작했는지 남편 역시도 주말마다 본가에 가던 일을 피하기 시작했다. 이 기회에 어머님이 그동안 내게 어떻게 했었는지 남편에게 일러바치고 싶었지만, 한 집안의 며느리로서 차마 그럴 수는 없었다. 가족의 관심사가 온통 우리 임신에 초점이 맞춰져 있기나 한 듯 대화의 끝은 언제나 말다툼으로 안 좋게 끝나버렸다. 그 중심에는 늘 어머님이 계셨으니, 아직 신혼인데 둘이 사는 게 아니라 어머님과 함께 셋이 사는 것처럼 느껴졌다.

그러다 보니 불화도 잦아지면서 몸과 마음이 젖은 솜이불처럼 무거워졌다. 사소한 일에도 예민해지고, 그냥 넘길 일에도 으르렁거리며 불편한 심기를 드러냈다. 온화하고 따스했던 대화는 사라지고 마치 범죄자를 심문하듯이 오가는 말들이 날카로워지면서 차라리 입을 꾹 닫고 있는 게 편했다. 말만 꺼냈다 하면 임신에 도움 주는 음식이나 임신 잘되는 묘책뿐이니 그럴 만도 했다.

태몽은 예지몽으로 아기가 들어서거나 들어설 것을 예견해 준다. 남편이 꾸기도 하고 산모가 꾸기도 하지만 희한하게도 시어머니가 태몽을 많이 꾸어준다는 전통이 있다. 어머님이 매일 꾸셨던 태몽, 나도 꾸어 봤으면 소원이 없겠다고 간절함으로 기도했다. 하지만 안타깝게도 정성이 부족했는지 태몽은커녕 개꿈도 꾸지 않고 오히려 불면증에 시달렸다. 잠자리에 들기 전 제발 태몽 좀 꾸게 해달라고 기도하다 보니 쉽사리 잠들지 못했다.

현실은
드라마가 아니다

날이 가고, 달이 흐르고, 해가 바뀌어 가도 여전히 아기는 내 품에 안겨 오지 않았다. 이제 임신이란 단어는 내게 주홍글씨처럼 따라다녔다. 내가 바쁜 직장생활을 하던 와중에도 나름 재충전하는 시간이 있었으니 좋아하는 TV 드라마를 보는 시간이었다. 일일 연속극과 미니시리즈는 유일한 나의 쉼표였다.

그런데 어느 날부턴가 드라마나 광고에 보이는 '임신'이란 두 글자가 화살처럼 가슴에 박혀 쉽게 빠지지 않고 상처가 되었다. '임신', '아기', '임산부'란 단어를 듣기만 해도 마음에 걸려 내려가지 않고 답답했다. 그렇게 응어리진 가슴을 치며 채널을 그냥 돌려버리기 일쑤였다. 특히 막장인 드라마 속 남녀 주인공이 사고 쳐서(혼전 임신) 결혼할 수밖에 없는 장면은 나의 눈물샘을 자극했다. 왜 간절한 사람에게는 그토록 각박하면서 원치 않는 사람에게만 쉽게 임신이 되는 건지 화가 났다. 아무리 드라마 내용이라 해도 나 같은 처지에 있는 사람에게는 분통 터질 노릇이었다. 허구인 줄 알면서도 드라마 주인공까지 질투했다.

남녀가 결혼해서 잠만 자고 나면 임신 되는 줄 알았던 내가 참으로 무지했다. 명랑하고 밝았던 성격은 갈수록 어두워지고, 매 순간 괜찮아질 거라고 다독였던 마음은 무거워졌다. 삼신할머니는 왜 간절한 사람에게는 어렵고 원치 않는 사람에게는 쉽게도 임신시키는지 따지고 싶었다. 어머님은 방도를 찾았다는 듯 내게 남편이 출근한 평일에 시간을 비우라며 용한 곳을 예약했다고 했다. 친정엄마도 마찬가지로 점집을 하는 동네 이웃을 찾아가 하소연했다. 우리 부부의 문제가 양가 부모님의 걱정거리가 되었다.

때마침 비슷한 시기에 임신한 언니와 올케는 나를 보기가 미안한지 가족 모임이 있으면 자리를 피하는 눈치였다. 내가 임신을 못 하니까 축복받아야 할 분들이 오히려 내 눈치를 살피는 것이 어느새 우리 부부는 집안에 불편한 존재가 됐다. 내가 모습을 보일라치면 정답게 나누던 대화도 갑자기 정적이 흘렀고, 어색하게 자리를 뜨는 사람도 있고, 다들 별일 아닌 척했다. 이런 참담함은 여러 번 겪었음에도 여전히 낯설었다. 똑같은 상황이 반복될수록 단단해지기는커녕 사람 만나는 자리를 피하기 시작했다. 시간이 흐를수록 보이지 않는 정신적 스트레스는 도시의 빌딩만큼 높아만 갔다.

주위를 둘러보면 결혼하고 사는 사람들의 부류가 여럿 있었다. 임신이 계획대로 되는 사람이 있는가 하면, 원치 않는 임신으로 다산의 여왕이 되기도 했다. 결혼하지 않겠다고 선언한 비혼주의자도 있고, 정상적인 부부생활을 영위하면서 의도적으로 자녀를 두지 않기로 약속한 딩크족도 있다. 그렇지만 나는 입양까지 생각할 정도로 아기를 간절히 원했고, 시험관 아기 시술을 통해서라도 꼭 아이를 낳아 키우고 싶은 난임 부부였다. 평범하게 정상 가족으로 살고 싶었다. 아기 없이 둘이 산다는 것은 꿈에도 생각해본 적 없었다. 부부의 결정체인 아기를 낳아 오순도순 사람 사는 냄새 풍기며 살고 싶었다.

임신이 인생 목표처럼 소원이 되면서 임신에 실패할 때마다 부정적인 생각만 떠올랐다. 자신의 처지를 비관하며 대인기피증이 생기고, 부부동반으로 만나던 모임도 왠지 불편한 마음이 되어 피할 수밖에 없었다. 심지어 가족들조차 불편했다. 혼자가 편해지면서 나만의 울타리를 쳐서 곁에 남들이 다가오지 못하게 했다. 아무도 날 찾지 못하는 곳으로 숨고 싶었다.

결혼하면 선물처럼 아기가 찾아오는 줄만 알았지, 현실은 드라마처럼 아름답지 않고 오히려 전쟁이었다. 남들은 애 때문에 싸운다는데 난임 부부는 아기를 갖기 위해 자발적으로 나서지 않는 남편과 전쟁해야 했다. 왜 나에게 이런 시련을 주는지 하염없이 흐르는 눈물로 세월을 보냈다. 주변에서 내 일처럼 걱정해주고 관심 가져주는 게 감사하다가도 어느 순간 그것이 오히려 송곳으로 계속 찌르는 느낌으로 다가오면서 아픈 상처가 아물 틈이 없었다. 아기를 돈으로 살 수 있다면 얼마나 좋을까? 할 수 있다면 그렇게라도 하고 싶었다. "축하합니다. 임신입니다"라는 말을 들어보는 게 소원이었다.

연속극이
보기 싫은 이유

주말도 없이 바빴던 직장생활을 하면서 몸도 마음도 지쳐 있던 나는 백수가 되면 제일 누리고 싶은 일이 있었다. 아무것도 하지 않고 시간에 얽매이지 않으면서 온종일 텔레비전을 실컷 몰아보고 싶었다. 잦은 야근 탓에 인기 많았던 미니시리즈를 들쭉날쭉 보면서 아쉬움이 컸던 만큼 내가 보고 싶은 드라마를 방해받지 않고 보면서 혼자만의 시간을 만끽하고 싶었다.

결혼 후 가장 좋았던 점은 부모님 눈치를 안 보는 거였는데, 아쉽게도 남편 눈치를 봐야 했다. 결혼은 솜사탕처럼 달콤함을 주며 로맨틱할 줄 알았는데 현실은 냉혹했다. 연애할 때와는 달라진 남편의 태도가 다소 어색하면서도 어딘지 모르게 서글펐다. 내 남편만은 다르길 바랐던 내가 잘못이지 않나 싶었다.

그럼에도 결혼 전과 달리 출근 시간에 여유가 생겨 좋았다.

집에서 출퇴근을 위해 편도 40분을 넘게 운전했었는데, 신혼집과 직장이 5분 거리여서 경제적으로 효율적이었다. 습관이 무섭다고, 아침마다 일찍 일어나 출근 준비하던 버릇으로 눈이 저절로 떠졌다. 느긋하게 준비를 마쳐도 시간이 남아돌아 아침 뉴스에 이어지는 연속극까지 꼬박꼬박 챙겨보게 되었다. 말로만 듣던, 막장인 아침 드라마를 모두 욕하면서도 왜 보는지 궁금했는데 나도 모르게 빠져들었다. 희한하게도 채널을 돌리다 보면 드라마가 방송되고 있는데, 같은 자리에 앉아서 3개 방송사의 아침 연속극을 볼 수 있다는 사실을 처음 알았다.

결혼 전까지만 해도 아침 연속극 보는 주부들이 세상에서 가장 한심스럽다 생각했는데, 막상 한번 입맛을 들이고 나니 아침마다 연속극이 기다려졌다. 연속극의 내용은 알다시피 불륜 드라마로 '내로남불'(내가 하면 로맨스, 남이 하면 불륜)이 대부분이었다. 바람피우는 부부 이야기가 내 얘기도 아닌데 다음 장면이 궁금해 주인공을 응원하게 되고, 악역을 맡은 배우를 마구 욕했다. 때론 다음 회를 기다리다 못해 드라마 작가를 자청하여 드라마 내용을 유추하기까지 했다. 다들 비슷한 삶을 사는지 친구들을 만나면 드라마 얘기만 하다 집으로 돌아올 때도 있었다.

연속극이 재미있는 이유가 현실에서 벌어질 만한 일상 소재라서 흥미롭게 느껴졌다. 단지 그것이 내 얘기가 아니기를 바라는 마음뿐이었다. 게다가 지루한 시간을 흘려보내기에 좋고, 고요하고 적막한 집안 분위기를 깨뜨리는 방법으로 TV만 한 게 없었다. 남편이 퇴근 후 집에 돌아오지 않아도 시간 가는 줄 모르고 드라마만 봤다. 한번 보기 시작하면 끝을 궁금하게 만드는 연속극만의 묘한 매력에 중독되어 밤을 지새울 때도 있었다.

문제는 재미로 즐겨보던 연속극 내용이 내 아킬레스건을 슬금슬금 건드렸다는 점이다. 바로 느닷없는 임신이 그것이었다. 드라마 속 여주인공은 하나같이 연애를 시작했다 하면 사랑에 빠져 결혼식을 올리기도 전에 임신하는 장면이 나왔다. 집안의 반대에도 불구하고 혼전임신을 해서 어쩔 수 없이 결혼하게 되는 내용으로, 아마 그 전에 봤다면 쉽게 넘어갔을 장면인데도 내가 임신에 계속 실패하던 때이기에 약이 올라 꼴도 보기 싫었다. 평소 혼전임신에 대해 안 좋은 생각을 한 터라 더 그러했는지도 모르겠다.

그럼에도 드라마 내용이니까 그럴 수 있다며 눈을 떼지 못하고 계속 보고 있는데, 다시 내 속을 확 뒤집어 놓는다. 바로 임신한 여자의 입덧 장면이었다. 한 번도 입 밖으로 말하지 못했지만 입덧하는 그 모습이 부러워서 미칠 지경이었다. 상상임신이라 해도 헛구역질을 해보는 게 소원이었다.

급기야 온 마음을 다해 드라마를 감정적으로 시청하면서 씩씩거리는 내 모습에 남편은 불같이 화를 냈고, 결국 부부싸움으로 번졌다. 그날 내가 또다시 아침 연속극을 보면 내 손에 장을 지지겠다고 선언했다. 그리고 즐겨보던 일일 연속극과 미니시리즈를 모두 끊었고, 텔레비전을 멀리했다. 그까짓 것 안 보면 그만인 것을 아침부터 부부싸움을 하게 만드는 장본인이었다.

허구한 날 눈물 바람으로 왜 그렇게 열심히 봤는지 청승맞았다. 결혼 전부터 남편은 아침형 인간과는 거리가 먼 올빼미형이라 아침잠이 많아 헐레벌떡 일어나서 출근하기 바빴다. 아침마다 드라마에 빠져 울고 웃는 나를 보며 한심한 듯 바라보는 눈빛부터 마음 상했다. 무엇보다 아기를 낳고 싶은 게 나만의 욕심이었나 싶을 정도로 남편은 비협조적이었고, 내 속을 아프게 할 때가 한두 번이 아니었다.

결혼했다고 모든 부부가 같은 시간에 잠들고 기상하는 시간까지 맞춰 살 수 없다는 사실을 알았다. 어릴 때부터 보고 자란 부모님은 잉꼬부부처럼 일어나는 시간과 잠드는 시간이 같았다. 우리 부부에게는 그런 일은 드물었다. 급한 사정이 생기면 일찍 잠들기도, 때론 늦은 시간까지 일하느라 언제 잠들었는지도 몰랐다. 서로를 존중해주고 원하는 것을 맞춰주려고 노력해야 하는데, 그보다는 오히려 서로 바라기만 하면서 상대가 양보해주기를 바랐다.

습관은 하루아침에 고쳐지지 않는 법이라 서로 대화를 통해서 조금씩 적당한 지점에 맞추기 시작했다. 20년 넘게 살아온 세월의 습관이 빨리는 바뀌지 않더라도 차츰 노력하면 변화하게 될 거라 믿었다. 우리는 대화를 통해 각각 너무 늦게까지 텔레비전 보지 않기와 아침에 30분 일찍 일어나기를 약속했다. 하지만 나의 드라마 시청 끊기와 달리 업무상 술자리가 많은 남편에게는 무리한 요구였다.

　다만 내가 막장인 아침 연속극을 그만 보기로 한 것은 탁월한 선택이었다. 요즘 나는 하루하루 최상의 컨디션으로 선물 같은 아침을 맞고 있다.

누구의 탓도
아닌데

"임신 테스트기가 고장 난 건 아닐까?"

벌써 몇 개째를 해봐도 계속해서 한 줄로 표시되다니 고장이 나지 않고서야 그럴 수 없었다. 안 그래도 며칠째 생리가 늦어지고 있으니 마음이 뒤숭숭하면서도 설레고 있었다. 혹시 임신인가 기대하다가도 상처가 될까 두려워 입을 꾹 다물어 버렸다. 손꼽아 기다리던 임신에 대한 부푼 꿈은 허무하게 사라지고, 공허해진 마음 한편으론 차라리 불량이면 얼마나 좋을까 생각했다.

임신 실패를 알리는 생리가 터지는 날이면 집안은 울음바다가 되었다. 임신 테스트기는 가혹하게도 배신감만 안겨줄 뿐이었다. 흐릿한 두 줄이라도 생겨봤으면 여한이 없을 정도였다. 퇴근하고 오는 남편은 내 표정만 봐도 눈치를 챘는지 입을 닫고 방으로 들어가 버렸다. 나 혼자만 아이를 못 가져 안달이 난 사람처럼 굴고 있었다. 속상하고 화가 나서 미칠 것 같은 나를 남편이 한번 따뜻하게 안아주기라도 했으면 덜 서운했을 텐데, 본심은 그게 아니었더라도 남 일처럼 멀뚱멀뚱 바라보기만 하는 게 너무 싫었다.

사실 우리가 결혼할 당시에는 아직 미혼인 아주버님이 계셔서 아기는 나중에 낳겠다고 약속한 상태였다. 처음부터 어머님은 결혼 순서가 뒤바뀌는 자체를 내키지 않아 하는 눈치셨다. 형이 결혼할 때까지 얼마나 기다려야 하냐며 남편이 억지를 부려 간신히 결혼 승낙을 받았다고 한다. 결혼은 우리가 먼저 했더라도 임신은 당연히 형이 먼저여야 한다고 어머님은 강조하셨다. 결혼 초기에 우리는 자연적으로 피임할 수밖에 없었다.

그런 사정이 있었기에 처음에 어머님은 우리 부부에게 있어 아이는 안중에도 없었지만 금세 뭐가 달라졌는지 몇 개월이 지나자 은근히 임신 소식을 기다리시는 눈치셨다. 아직 결혼을 안 하신 아주버님이 계셨지만, 얼른 손주를 안고 싶은 마음이 이해됐다. 우리는 미뤘던 가족계획을 다시 수정하면서 임신을 계획했다.

문제는 피임하지 않으면 금방 임신이 될 거라는 우리 생각은 착각이었다. 그런 우리 속사정도 모르시고 어머님은 세상에서 임신이 제일 쉬웠다는 말로 은근히 압박 아닌 압박을 해오셨다. 내가 결혼 2년 차가 되었어도 어머님이 어렵기는 마찬가지였다. 어머님은 남편과 함께 있을 때 나를 대하는 것과 나 홀로 본가를 찾을 때 대하는 게 달라도 너무 달랐다. 도대체 이랬다가 저랬다가 하는 어머님의 장단을 어디로 맞춰드려야 할지 알 수 없었다. 혼란스러운 가슴앓이는 내 몫이었다.

퇴근할 때마다 어머님은 저녁을 해놓았다며 본가에 들러 저녁을 먹고 가라고 하셨다. 본가에서 5분 거리 떨어진 우리 신혼집은 차츰 존재 의미를 잃어갔다. 그런데 희한한 것이 시댁에서 저녁을 먹고 오는 날이면 반드시 체했고, 그렇다고 남편에게는 이런저런 말도 꺼낼 수 없었다. 결혼하기 전에 친정엄마가 시댁 생활은 '귀머거리 3년, 벙어리 3년, 장님 3년'을 마음속에 새겨야 한다고 신신당부하던 말이 떠나지 않았다.

어느 때부터인가 친정 부모님도 걱정이 되는지 초조한 목소리로 전화를 걸어오기 시작하셨다. 간절히 원하는데 임신이 되지 않으면 가장 불안하고 속상한 사람이 누구일까? 우리를 걱정하는 마음에 하는 말인 줄은 알지만, 세상이 얄미웠다. 병원에서 아무런 진단을 받지 않았음에도 임신이 안 되는 게 마치 내 탓처럼 결론 내려졌다. 아이가 안 생기면 여자 탓이라는 생각은 드라마에만 있는 일인 줄 알았는데, 그게 바로 현실 속의 나였다.

세상은 왜 임신이 되지 않으면 무조건 여자 탓이라 생각하는지 모르겠다. 예부터 학습되어 내려오는 유교적 가치관 때문일까. 같은 여자 입장인 어머님께서 내 탓으로 몰아갈 때는 몸서리치게 분노가 치밀었다. 몸이 말라서 그렇다, 입이 짧아서 그렇다, 손발이 차서 그렇다는 등의 이유가 열두 가지도 넘었다. 과연 당신의 딸이라 해도 이렇게 할 수 있을지 서러웠다. 어머님한테는 딸이 없어서 내 심정을 헤아리지 못하는 게 분명했다.

다들 결혼만 하면 임신이 바로 돼서 손주를 금방이라도 안아볼 수 있다고 생각하셨는지 모른다. 하지만 요즘엔 아이를 낳지 않고 사는 딩크족도 있고, 비혼족이 늘어나는 게 현실 아닌가. 물론 걱정하는 부모님 심정을 이해하지 못하는 것은 아니지만, 누구보다도 시급하고 불안한 마음인 부부의 모습을 조용히 지켜봐 주셨으면 하는 바람이다. 다른 집 딸과 며느리가 임신했다는 소식과 손주를 봤다는 얘기를 들을 때마다 속은 시커멓게 타들어 가고, 숨이 가빠졌다. 스스로가 죄인처럼 느껴졌다.

'나는 왜 이 모양일까'라는 생각이 나를 점점 쓸모없는 인간으로 만들었다. 임신 소식을 알리지 못하면서 나는 계속 죄인이었고, 더불어 친정 부모님까지도 매사에 노심초사하셨다. 옛날부터 딸 가진 사람은 죄인이라더니 딱 맞는 말이었다. 자신의 딸이 하루빨리 아이를 가져서 당당하게 사돈에게 손주를 안겨드려야 맡은 역할을 끝낸다고 생각하셨다. 부모님마저도 이 모든 게 자신의 딸 때문이라 생각하셨다.

부모님은 막내딸인 나만 순리대로 되지 않으니 불안감이 쌓여갔다. 맏언니는 3남매를 낳았고, 큰 오빠도 3남매를 두었고, 작은 오빠는 남매를 두었다. 마지막인 나도 당연히 그들처럼 아이를 순풍 낳을 거라 믿었기에 조금도 걱정하지 않았다. 임신이 안 돼서 속 썩을 거란 생각을 꿈에서도 하지 못했기에 더 초조해하며 애간장을 태웠다. 그런 부모님 앞에서 나는 열두 가지 감정이 널뛰기하듯 분노가 조절되지 않으면서 효도하고 싶었던 마음은 사라지고, 오히려 짜증을 부렸다.

당시 병원에서는 결혼 후 1년 안에 자연 임신이 되지 않으면 난임 진단을 내렸다. 어머님은 난임이라는 말 자체를 입에 담기조차 껄끄러워하셨고, 인정하지 않으셨다. 더구나 의사가 내린 난임 진단에 대해 어머님은 '자기 아들이 절대 그럴 리가 없다'라며 믿지 않으려는 눈치셨다. 우리 부부가 뭔가 숨기고 있다며 의심하기까지 했다. 내 귀로 직접 듣고 확인해야 믿을 수 있다며 병원으로 당장 앞장서라고 억지를 부렸다.

그때부터가 시작이었다. 어머님의 며느리 임신시키기 프로젝트는 줄줄이 이어졌으니 한약 달여 먹이기는 기본이고 임신 소원 성취를 위해 팔공산, 속리산, 계룡산이나 부산 용궁사 등을 찾아 방생기도를 다녔다. 나는 그저 어머님이 계획한 다양한 시도를 순순히 따랐다.

친정아버지도 이에 질세라 우리 부부를 위해 건강원을 하는 친구에게 부탁해서 공수한 뱀과 흑염소를 내려 한걸음에 달려오셨다. 남편은 못 먹겠다고 사양할 수는 없어 코를 양손으로 꼭 쥐고 숨을 참아가면서 들이켰다. 마시기를 끝내면 박하사탕을 녹여 먹으며 속을 달랬는데 고문도 그런 고문이 없었다. 딸들 집에 왕래하는 것을 꺼리셨던 친정아버지는 막내딸을 위해서는 이렇듯 일사불란하게 움직이시면서 적극적이셨다.

양가 어르신들의 관심과 애씀에도 불구하고 임신은 우리에게 먼 이야기였다. 불안에서 희망으로, 그리고 다시 불안으로 감정의 굴레를 돌며 한 달이 가고 또 새로운 달이 시작되었다. 보통 배란은 다음 생리 예정일로부터 14일 전이니 한 달 중에 임신할 수 있는 날짜는 불과 5~6일뿐. 이때가 임신을 원하는 여성이 집중적으로 부부관계를 해야 하는 중요한 기간이다. 반면 피임을 원하는 여성은 이 기간만큼은 부부관계를 피하거나 피임법을 사용해야 한다.

난임 부부에게 임신은 마라톤과 같았다. 처음부터 단거리 달리기처럼 빠르게 질주하면 쉽게 지칠 수 있다. 완주하겠다는 마음으로 멀리 내다보며 목적지에 닿을 때까지 계속 달려야 한다.

짙은 안개 속을 달리는 듯 앞이 보이지 않으니 불안 불안한 가운데서도 나는 인생에 있어 가장 중요한 것이 임신인 것처럼 '아기를 꼭 낳고 싶은 이유'에 대해 끊임없이 질문을 던지고 있었다. 결혼한 이상, 한 집안의 대를 이어줘야 한다는 책임감이 그 첫째 이유라 생각하니 짙은 허무감이 밀려왔다.

"이번 달에도 임신 안 됐어?"

"혹시 무슨 일 없니?"

양가 어른들의 염려와 안부 전화가 이어지면 죄스런 마음에 대답은 저절로 풀이 죽은 목소리가 된다. 고슴도치처럼 가시를 날카롭게 세우며 "없어요! 없으니까 제발 관심 좀 꺼줘요" 하고 소리치고 싶으나, 들키고 싶지 않은 솔직한 속마음일 뿐 또다시 혼자만의 성으로 들어가 버린다.

어른들의 전화는 걱정과 애정에서 나온 말이었을 텐데, 내 마음이 삐딱하니 곱게 들리지 않고 오히려 마음에 압박이 되어 거슬리기만 했다. 계속되는 임신 실패에 내 속은 꽈배기처럼 배배 꼬이고 풀 수 없을 정도로 엉키었다. 세상의 모든 불행을 홀로 뒤집어쓴 사람처럼 처절하게 우울했다. 입을 닫고 귀를 막은 채 집 밖을 한 걸음도 나가지 않았다.

임신에 좋지 않다는 이유로 멀리했던 음식들을 저녁마다 부담 없이 찾아 먹었다. 단백질 가득한 족발에 닭발을 야식으로 즐겨 먹었고, 운동은커녕 동네 한 바퀴 걷는 산책도 하지 않았다. 세상 귀찮아 잠만 자면서 하루하루를 무료하게 보냈다. 그런 와중에도 이렇게 편안하게 막무가내로 지내다 보면 혹여 임신이 되지 않을까 하는 우연을 기대했지만, 그런 행운은 찾아오지 않았다.

몸도 마음도 지쳐 다시는 아무것도 하지 않고 쉬겠다고 주변에 선포한 지 벌써 6개월이 흘렀다. '임신도 못 하는 주제에'라는 꼬리표가 귓가에 들려 시간이 갈수록 자존감이 낮아지면서 잦은 우울감에 괴로웠다. 사실 멍하니 집에만 있으면 세상 불행한 사람이 나였다. 임신에 집착해 온종일 컴퓨터를 붙들고 난임 카페의 글을 읽고 감정 이입되어 임신 못 하는 처지를 비관하고 있었다. 막힌 공간에 있을수록 우울감이 심해졌다.

시간이 지나면서 이렇게 해서는 안 되겠다는 생각이 들었는지 다시 몸에서 아우성쳤다. 매일 입에 달고 살던 커피를 줄이고, 야식으로 즐기던 치맥도 단호하게 끊으라고 협박해왔다. 머리가 복잡할 때는 환경에 변화를 준다거나 몸을 평상시보다 더 많이 움직여야 뒤죽박죽 엉킨 실타래가 풀렸다. 의식적으로 세탁기에 빨래를 돌렸고, 아파트 계단을 오르거나 아니면 무작정 집 밖으로 나가 주변을 산책했다.

아파트 화단의 꽃들과 파란 하늘이 나를 기다렸다는 듯이 편안히 반겨주었다. 꽃들은 내게 어떤 질문도 하지 않았다. 내가 잠시 넋이 나간 듯이 있어도 그대로 지켜볼 뿐 임신하지 못하는 나를 재촉하지도 보채지도 않았다. 얼굴에 닿는 보드라운 미풍과 상큼한 풀꽃 향기를 가슴에 가득 안고 집으로 돌아오는 날들이 반복되었다.

아기만 낳으면 온 세상을 다 얻은 기분이 되리라 꿈꾸며, 다시 시작해보자는 마음으로 실천 항목을 빼곡히 적으며 새롭게 다짐했다. 놀이터가 시끌시끌하게 뛰어노는 아이들 소리를 들으며 나도 빨리 아이를 낳아 저렇게 뛰어놀게 해주고 싶었다.

그러던 어느 날, 나는 혼자 조용히 병원에 가서 임신 준비를 시작했다.

"몸은 좀 어떠세요?"

진료실에 들어서자 반갑게 맞아주는 의사의 부드러운 목소리는 신기하게도 기운을 북돋아 주었다. 그리고 상담을 마치고 나올 때 따뜻한 미소와 함께 건네는 "잘될 거예요"라는 응원의 말에는 마법이 들어있는 것 같았다. 이대로라면 금방이라도 임신에 성공할 것만 같았다. 그렇게 몸과 마음이 가뿐해져 집으로 오면서 이번에는 꼭 해내고야 말겠다는 의지를 불태웠다.

병원에서는 아무런 이유 없이 임신이 안 되는 우리 부부에게 자연배란 유도법을 먼저 해보자고 했다. 이날 의사의 설명으로 나는 사람마다 얼굴과 성격이 다르듯이 배란일도 제각각이라는 사실을 처음 알았다.

하지만 배란 테스트기를 사용해서 6개월 열심히 합궁을 시도했지만 우리는 모두 임신에 실패했다. 나의 이야기에 의사는 별다른 반응없이 무덤덤하게 다음 단계인 과배란 유도 요법을 시도해보자고 했다. 섭섭한 마음이 들었지만, 우리가 매달려야 하는 처지이니 어쩔 수 없이 따라야만 했다.

남편은 임신하기 위해 유난스럽게 병원까지 다니는 게 정상이냐고 물었다. 남편을 설득하기도 어려웠지만, 나는 배란 시기가 다가오면 다시 병원을 찾아가서 난포 크기를 초음파로 보고 합궁하는 날을 받아왔다. 초음파로 난포가 잘 크는지 확인하고 성숙하게 자라면 합방시간까지 받아와 임신을 목표로 잠자리를 가지려 했다.

야속하게도 남편은 그런 내가 못마땅한지 그날 일부러 약속을 잡아 곤드레만드레 술에 취해서 집으로 돌아와 3초 안에 잠들었다. 병원에서 알려준 합방 날에 잠자리를 해보지도 못한 채 결국 다음 달로 미룰 수밖에 없었다.

여자인 나는 임신하고 싶어 안달이 난 사람처럼 배란일을 잡으려고 낯선 남자 의사 앞에서 다리를 벌리고 검사까지 받고 있는데, 남편은 관심은커녕 이런 나의 노력을 알아주지 않아 서글픈 마음이 밀려왔다. 서로 아기를 바라는 간절한 마음은 같을지라도, 병원까지 다니면서 아기를 가지려는 내 노력을 남편은 남의 일처럼 방관했다. 자신은 애쓰고 싶지 않지만 마지못해 거들어는 주겠다는 마음이었다.

어머님의 은근한 압박감에 남편의 비협조적인 태도가 겹쳐진 데다 호르몬제 탓인지 몰라도 우울감과 화가 뒤섞여 모든 일이 짜증스러워졌다. 둘이 합심해도 잘 될지 모르는 마당에 신경질적으로 날카롭게 날을 세웠다. 몇 개월 병원에 다니며 노력한 과배란 유도 요법도 거듭 실패하자 점점 임신은 더 어려운 일처럼 여겨졌고, 이제 어떻게 해야 할지 까마득하고 난감했다.

임신에 실패할 때마다 부부 사이를 누가 갈라놓은 듯 서먹서먹해졌다. 남편 탓도 아니고 내 탓도 아닌데 서로 거리를 두고 침묵하며 보내는 시간이 길어졌다. 시시콜콜하게 수다를 즐겼던 나도 점점 의욕과 자신감이 사라졌다.

'왜 우리 부부는 임신이 안 되는 걸까?'라는 의문이 머릿속을 떠돌며 사라지지 않았다. 아내로서, 며느리로서, 딸로서 해야 할 임무를 제대로 수행하지 못한다는 생각뿐이었다. 아이를 갖기 위해 하루하루 최선을 다하고 있어도 감감무소식이니 답답하기 그지없었다.

기다림이
길어지는 사이에

생각보다 길어지는 기다림에 초조함은 더해
지고 불안감은 깊어졌다. 결혼에 성공하면서 세상이 나를 중심으
로 돌아간다고 믿었는데, 시간이 흐를수록 나란 존재는 공중에 흩
어지는 연기처럼 희미해져 갔다. 나는 더 이상 사람 만나기를 좋
아했던 예전의 내가 아니었다. 말과 몸짓, 눈빛에 충만했던 자신
감은 점점 옅어지다 못해 아예 사라졌다. 아기를 기다릴수록 생각
은 절제할 수 없을 정도로 균형을 잃었고, 어른들께 하루라도 빨리
손주를 안겨드리는 게 효도라는 절실한 마음뿐이었다.

어둠 속에 지친 마음을 숨기고 있는 사람은 나뿐이 아니었
다. 나보다 더 고통받고 있을 남편, 그리고 친가와 시가 부모님까
지 모두 살얼음판을 걷는 심정이었다. 친정 부모님은 내색하지 않
으셨지만, 나의 흔들리는 눈빛과 목소리만 들어도 민감하게 반응

하셨다. 밥 먹을 때조차 숟가락과 젓가락이 어디로 가는지 유심히 바라보고 한숨지으셨다. 어려서부터 밥 먹는 모습이 복스럽다고 칭찬받았는데, 그와는 별개로 아무리 먹어도 몸에 살이 붙지 않았다. 마른 체질이 건강에 더 좋은 거라고 막상 큰소리쳤지만, 임신이랑 살이랑 무슨 관련이 있는지 궁금증만 더해갔다.

그늘진 딸의 사정을 지켜보는 것은 부모로서 답답한 노릇이었다. 가만히 보면 어른들은 이상하게도 청개구리처럼 행동하신다. 딸의 고통을 따뜻하게 쓰다듬어주고 어루만져주기는커녕 '내 탓'이라며 자책하는 친정엄마를 보면 안쓰럽기 그지없다. 못난 딸은 이 세상에 하나밖에 없는 엄마에게 잘해 드리지 못하고 걱정만 안겨드렸다. 친정엄마가 편하다는 이유로 안 보이면 궁금하다가도 얼굴만 보면 투정 부리고 아옹다옹 싸우기 바빴다. 그렇게 있는 말 없는 말, 가슴 깊이 담아두었던 말을 다 쏟아내면서 스트레스를 풀었다. 엄마는 그래도 되는 존재라 믿었다.

잠자코 듣고만 있던 엄마는 작은 목소리로 "괜찮아. 엄마니까. 실컷 더 해도 돼"라고 하는데 그 말에 억장이 무너져 내렸다. 오히려 내게 미안하다며 화내지 않는 엄마의 모습에 더 비참해지고 가슴이 터질듯했다. 그렇게 엄마의 속을 홀딱 뒤집어 놓고 집으로 돌아오면 이미 엎질러진 물이라 주워 담을 수도 없고 밤새워 뒤척이다 다음날 꼭두새벽에 전화하면 벌써 밭에 일하러 나가셨다. 그런 일이 있고 한동안 엄마를 위해서 스스로 친정을 외면했다. 그럼에도 한참 있다 찾아가면 언제 그런 일이 있었냐는 듯이 반갑게 응석을 받아주고 품어주셨다. 그게 엄마였다.

양가 집안에서 풀리지 않는 걱정거리가 나였다. 그렇다고 어려서부터 속 썩이는 딸은 아니었다. '선미'라는 이름처럼 착하게 시키는 대로 고분고분 잘 자랐는데, 결혼하고 부모님께 목에 걸려 내려가지 않는 인절미 같은 부담을 주고 있었다. 어느 때부터인가 주변을 볼 때 임신한 사람과 안 한 사람, 아기를 낳은 사람과 안 낳은 사람으로 비교하는 나쁜 습관이 생겼다. 다른 쪽으로 관심을 돌리려 해보지만 결국에는 도돌이표처럼 항상 '임신 못 하는 나'라는 늪에 빠져 버둥거리는 나의 본모습으로 돌아왔다.

아기가 나에게만 없는 것 같고, 우리 부부에게만 안 주는 것 같아 괴로웠다. 감당할 수 없는 우울한 마음 때문에 쉽사리 자포자기했다. 미리 약속된 만남도 이런저런 핑계를 만들어 갑작스럽게 펑크 내기 일쑤였다. 이러쿵저러쿵 남들이 평가하는 말을 듣고 싶지 않았다. 내가 그토록 혐오했던 인간처럼 쩨쩨한 속물로 변해 갔다. 급기야 세상을 보는 시야가 옹색해지고 우물 안의 개구리가 되어갔다.

점점 혼자만의 세계에 빠져들었고, 집 밖을 한번 나가려면 큰맘을 먹어야 하는 나를 보며 이러다가 집 귀신이 될 것 같다는 두려움이 몰려왔다. 용기를 내서 현관 밖으로 나가보려 해도 엘리베이터에서 처음 마주치는 사람, 놀이터에서 반갑게 인사를 건네는 주민들에게 어떤 인사를 건네야 할지 막막하다. "안녕하세요", "어디 가세요?", "날씨가 참 좋네요" 인사 연습부터 해보았다. 그런데도 선뜻 집 밖을 나갈 용기가 나지 않았다.

밝은 햇살을 받으며 아파트 정원을 한 바퀴 돌려고 나갔다가 아기 엄마들과 마주치는 상황을 만들기 싫어 최대한 사람들과 마주치지 않을 점심시간으로 바꿨다. 그렇게 인적이 드문 장소와 시간을 계산해서 산책하러 나갔다. 홀로 앉아있던 방안의 우울한 기분이 산책을 나오는 순간 사라졌다. 바람이 나에게 다가와 속삭이며 친구가 되었고, 따스하게 머리를 어루만져주는 태양이 반가웠다. 두 팔을 열심히 휘저으며 발바닥에 힘을 줬다.

사람은 관심표현으로 안부를 주고받지만, 자연은 무슨 일이냐고, 왜 이제 왔냐고 묻지 않고 몰아세우지도 않았다. 그들은 나란 존재에 바라는 게 전혀 없었다. 때론 며칠 뒷산을 가지 않아도 산은 서운한 내색을 하지 않았고, 산길을 걷다가 알 수 없는 눈물이 쏟아져 주저앉아 울어도 이유를 묻지 않았다. 이제야 깨달았다. 아낌없이 주는 나무처럼 나를 기다리기나 한 듯 뒷산을 오르며 만나는 나무와 풀, 꽃은 나의 친구가 되어주었다.

그런 나의 변화에 맞춰 남편은 주말이면 동네 한 바퀴를 함께 걸어주었다. 일주일 동안 어떻게 지냈는지 구구절절 늘어놓는 내 얘기를 싫은 기색 없이 들어주었고, 단골 음식점에 들러 뜨끈뜨끈한 순대국밥을 함께 먹었다. 가끔은 기분전환을 겸해 드라이

브 나가 맛난 외식을 하고 오기도 했다. 이렇듯 세심하고 자상한 남편에게 그동안 푸념과 짜증을 늘어놓았던 게 후회됐다. 바깥 생활하는 남편은 어쩌면 나보다 주위에서 심한 말들을 듣고 있다고 생각하니 미안스럽고 짠했다. 사람을 만나도 남편이 더 많이 만날 것이고, 그들 가운데는 분명 임신 소식을 묻는 사람도 있었겠지만 한 번도 말하지 않았다.

그동안 나만 생각하면서 이기적으로 행동했다. 아기 갖는 일에 신경을 곤두세우다 보니 머리에 고장이 난 게 틀림없었다. 남편도 분명 울고 싶을 때가 있고, 기대고 위로받고 싶을 때가 있었을 텐데 남자라는 이유로 참아왔다. 그런데 내가 먼저 화해의 제스처를 취했을 때, 무뚝뚝한 남편은 자기는 괜찮다며 나를 또 위로해 주었다. 꽤 괜찮은 남자였다.

난임으로 기다림이 길어질수록 지친 부부 사이에 오해가 많아지는 건 당연하다. 서로 바쁘다는 핑계로 차일피일 미루게 되면 멀어지기는 순식간이다. 주말에는 교외로 나가 연애할 때처럼 분위기를 즐기는 것이 좋다.

우리 부부의
임신을 향한 여정

❀ 새벽부터 절에 간 이유

결혼하면서 종교가 달라진다는 말이 있는데 그게 나였다. 결혼 전에는 교회도 절도 다니지 않던 무신론자였다. 그런데 상견례를 마치고 난 뒤 결혼 날짜를 받으러 절에 방문한 이후부터 나는 당연히 그래야 한다는 듯이 어머님을 따라 초파일마다 절을 찾았다. 남편 역시도 어머님이 불교 신자임에도 절에 한 번도 따라간 적이 없을 정도로 종교와는 거리가 멀었다. 결혼할 당시 궁합과 길일을 받으려고 스님을 처음 찾았다고 한다.

결혼하고 나서 효자가 된다고 그런 우리 부부가 자연스레 어머님을 따라 절에 다니기 시작했다. 그래봤자 어머님이 부르면 겨우겨우 따라다니는 정도였으니 특별히 믿음이 있다거나 하는 것은 아니었다. 다만 사업을 하는 남편에게 종교가 있는 게 도움이 될 거라 믿었다.

임신 소식이 없자, 어머님은 초파일을 맞아 절에 가보자고 하셨다. 주지 스님은 우리 부부의 사연을 다 알고 계셨지만, 다른 특별한 말씀은 없이 늘 감사하는 마음으로 살라고 당부하셨다. 그 말을 들을 때마다 나의 정성이 부족해 보였나 싶기도 했다.

지푸라기라도 잡는 심정으로 누구든 믿고 싶었고, 뭔가에 의지하고 싶은 마음은 커져만 갔다. 한번은 주지 스님께서 따스한 눈빛으로 우리에게 다가와 얘기 좀 하자고 하셨다. 우리의 고민에 대해 그동안 별말씀이 없었기에 이번에도 사업을 하는 남편에게 덕담을 해주려는 줄 알았다. 하지만 의외로 아기 낳을 수 있는 용한 비법을 알려주신다고 하셨다.

스님은 우리에게 목표하는 소원을 적고 100번 따라 쓰라고 하셨다. 이때 사는 집 주소도 꼭 쓰라고 하셨는데, 불교에서는 현재 내가 먹고, 자고, 생활하는 주소를 중시하기 때문이란다. 또 절에서 나오는 약수를 받아서 먹으면 임신이 빨리 된다는 말을 덧붙이셨다.

우리는 스님께서 노트에 아기를 점지시켜 달라고 100번을 쓰라고 했을 때 놀라지 않을 수 없었다. 그것에 더해 약수가 비법이라 했을 때는 말장난도 아니고, 황당하기 그지없었다. 하지만 절박했던 우리는 일단 시도해보기로 했다.

무엇보다 약수를 받으러 가려면 일찍 자고 일찍 일어나야 했다. 새벽에 일어나지도 못하던 우리가 꿀잠을 물리치고 자동차로 30분도 더 걸리는 거리를 수행하듯 다닐 수 있을까? 하지만 깜깜한 새벽 시간에 집을 나서 절에 도착하면 날이 밝아오는 광경을 보는 게 좋았다. 나는 약수터 앞에 있는 삼신당에 들어가 간절한 마음으로 무릎이 펴지지 않을 정도로 꼬박꼬박 절을 올렸다. 하루빨리 아기가 생기게 해달라고 빌고 또 빌었다.

뭔가 임신에 좋다는 얘기를 들으면 줏대도 없이 흔들리는 나를 안타까워하면서도 남편은 군말 없이 꼭두새벽 절에 동행해주었다. 처음에는 매일 가다가, 나중에는 큰 물통을 사서 3일에 한 번씩 약수를 받아왔다. 그렇게 절에 가서 약수를 받아와 밥을 짓고 매일 마시면서 금방 임신이 될 거라 믿으며 기대에 부풀었다.

하지만 한 달에 한 번씩 생리가 찾아올 때마다 속상하고 야속했다. 반드시 될 수밖에 없다는 희망을 품었기 때문에 실패해도 지치지 않고 매 순간 최선을 다했다. 하지만 실패가 거듭될수록 자신감이 사라지고, 이제 영영 아이를 못 낳을지도 모른다는 두려움이 밀려왔다. 그렇게 번번이 임신에 실패하자 계속 이어나가야 할지 결정을 내려야 했다. 희망 고문이 따로 없었다.

왜 난임을 오롯이 여자의 몫으로만 떠넘기고 다들 강 건너 불구경하듯 행동하는지 이해할 수 없었다. 차라리 희망이 없다면 놓아버릴 수 있었을 텐데. 실낱같은 희망이라도 보이면 상처받을 걸 알면서도 사활을 걸고 뛰어들었다. 이성을 상실했다 싶을 정도로 어처구니없는 우리 행동 역시 곰곰이 되짚어보니 규칙적인 생활을 하라고 스님께서 내린 숙제였나 싶기도 했다.

✿ 굿의 비밀

아침부터 몇 시에 올 수 있는지 빈번하게 전화가 왔다. 내가 어머님 집에 도착해 주차하는 와중에도 전화기가 울렸다. 그렇게 나는 어머님을 모시고 점집을 찾았다. 어머님 뒤를 따라 엄숙한 분위기에 휩싸인 작은 대문을 열고 들어섰다. 허름한 나무문은 낡아 잘 안 닫히는 데다 삐걱거리는 소리가 크게 거슬렸다. 코끝을 찌르는 향냄새와 큰 양초에서 나오는 불빛이 어두운 방 안 분위기를 한층 더 신비롭게 만들었다.

무당이 앉은 자리 뒤쪽으로는 황금 불상을 중심으로 좌우에 각각 장군상과 흰머리의 약사보살이 자리하고 있었다. 그런 화려함과는 다르게 무당은 아주 소박한 상床 앞에 앉아 한 손에는 구슬이 달린 방울을 들고, 다른 한 손에는 흰 쌀을 한 줌 쥐고 있었다. 이런 분위기에 기가 눌려 정신이 어질한데 작은 불꽃의 움직임이 어디론가 나를 데리고 가는 것 같았다.

처음이 아닌 듯 어머님은 자연스러운 말투로 안부 인사를 건네며 며느리라고 나를 인사시켰다. 그리고 전후 사정을 얘기하면서 내가 병원에 다니는데 이번만큼은 꼭 임신에 성공해야겠는데 어떻게 되는지가 궁금하다며 물었다. 나는 그제야 알아차렸으니, 병원 의학의 힘과 눈에 보이지 않는 신의 기운을 받아 이번에는 꼭 임신에 성공하게 하려는 어머님의 간절함이었다.

무당은 다짜고짜 내 생년월일과 태어난 시간을 묻고, 남편의 그것들도 똑같이 물었다. 그것을 하얀 종이에 받아적더니 눈을 감고 주문을 외우기 시작했다. 그렇게 접신하는가 싶었다. 나는 그제야 주위를 둘러보았다. 천장에 알록달록 등들이 빈틈없이 가득 차 있었다. 적막하고 고요한 곳에 앉아있으니 문득 어머님과 대구의 팔공산 갓바위에 자주 갔던 일이 스쳐 지나갔다. 아기를 갖기 위해 정성이 필요하고, 사업하는 남편에게 도움이 될까 싶어 열심히 어머님을 쫓아다녔다. 허리가 꼬부라져 제대로 펴지지도 않는 몸으로 젊은 나보다 더 산을 잘 오르내리는 연세 있는 어른들을 보며 모든 부모님이 그렇게 자식들 잘되라고 기도 다니시는 모습 같아 마음이 짠했다.

그 사이에 점괘가 나왔는지 갑자기 작은 상으로 쌀을 던지고는 끝없이 중얼거리기 시작했다. 무슨 말인지 전혀 내 귀로는 해석이 불가했지만, 옛말이 하나도 다르지 않았다. 무당은 어머님 눈치를 살피며 말을 아끼는 것도 같았지만 결론은 굿을 해야만 하는 이유를 나열하기 시작했다. 조상님 중에 객사하신 분이 있고,

그분을 좋은 곳으로 보내는 기도를 올려야 하고, 배고프신 조상님이 계셔서 맛있는 음식으로 달래야 하고, 추위에 떨고 계셔서 고운 옷을 입혀서 보내야 한다는 등 각양각색의 이유가 줄줄이 쏟아져 나오는데 하나같이 사실인 양 여겨져 저절로 빠져들었다. 그러면서 돈만 내면 상차림뿐만 아니라 모든 준비를 해주겠단다.

어머님은 이 순간을 기다리기나 한 듯 그것만 하면 금방 아기가 들어서냐고 다급하게 물었다. 무당은 신이 몸에 들어왔는지 이제 목소리와 말투가 소름 끼치게 변해 있었다. 영화에서 보던 장면을 내 눈으로 직접 보니 감당되지 않았다. 두 눈을 감고 횡설수설하는 무당에게 홀린 듯 어머님은 당연히 굿을 해야 한다면서 거의 날까지 잡는 분위기였다. 나는 집에 돌아가서 퇴근하는 남편에게 말하겠다고 했지만, 사실 혼란스러워 어디에 시선을 두어야 할지 몰랐다.

점집에 올 때는 굿을 할 각오를 하고 와야 한다는 말이 맞았다. 무당에게 들은 게 있는데 굿을 안 하면 일을 망칠까 봐 두려움을 갖고 더 의지하는 것 같았다. 사업하는 남편을 위해 해마다 천도재를 한 번씩 올려주면 좋다는 말에 더 마음이 무거워졌다. 앞으로 답답한 일이 있거나 문제가 터질 때마다 점집을 다니면서 무속신앙에 의지하게 될까 두려웠다.

남편에게는 엄마의 마음을 어긴다는 생각은 애초에 없었기에 일단 굿을 진행하기로 했다. 점집과 통화를 하고 굿하는 날만 손꼽아 기다렸다. 우리가 준비할 것은 남편과 나의 속옷과 나이만큼의 동전이었다. 처음 해보는 일이라 두려움이 컸지만, 옆에서 어머님을 지켜보는 동안 은근히 기대하는 마음도 생겨 금방 임신이 될 것처럼 기도했다. 모든 게 합이 들면 좋다고 병원에 다니는 시기와 굿하는 시기가 맞물려서 다행이라고 좋은 운이 왔다고 믿었다. 임신만 된다면 못 할 게 없다는 심정으로 실낱같은 희망이라도 붙잡고 싶었다.

❀ 부부의 은밀한 의식

"오빠! 오늘이 며칠이지?"

"4월 5일. 벌써 55일째야."

"이번에는 뭔가 술술 풀리는 느낌인데."

"쉿! 그런 말도 하지 말라고 했잖아."

희망을 안고 떠오르는 새벽 햇살이 식탁에 놓여 있는 소원 노트를 비추고 있었다. 소원 노트는 100일 동안 임신에 성공하게 해달라고 간절하게 정성 들여 자필로 써야 했다. 우리 결혼식 날도 잡아주셨던 스님은 임신이 안 되는 우리를 위해 늘 기도해주신다며 소원 쓰기를 권했다. 다만 절대로 이걸 누구에게 말해서는 안 된다고 말씀하셨다.

우리 부부가 매일 첩보영화를 찍듯 소원 쓰기를 해온 게 벌써 55일이나 지났다. 매일 빼먹지 않고 한다는 게 힘들었지만, 임신을 위해서라면 우주의 기운까지 끌어와서라도 뭐든 해볼 작정이었다. 그러면서도 복이 달아날까 봐 우리 부부는 말을 아꼈다. 하루도 빠짐없이 같은 문구를 은밀히 반복해서 쓰며 우리의 소원이 눈앞에 다가오고 있다고 믿었다. 이미 임신이 된 것처럼 "감사합니다, 덕분입니다"라고 쓰고 되뇌었다.

소원 노트는 의식을 행하듯이 일정한 시간을 정해 놓고 규칙적으로 쓰는 게 좋다고 한다. 나는 정성을 다해 새벽 시간에 쓴 반면, 남편은 시간이 되는 대로 들쭉날쭉 간신히 썼다. 어쩌면 나의 폭풍 잔소리에 못 이겨 강제적으로 썼을지도 모른다. 회사 업무의 연장인 회식으로 술에 취해 비틀거리며 들어와도 이 숙제를 마쳐야 잠자리에 들 수 있었다.

매일 행하는 소원 쓰기가 효험이 있는지 불안했던 마음이 조금 느긋해지면서 조바심이 줄어들었다. 우리 부부에게 남들보다 더 많은 시간을 기다리게 한 이유가 있을 거라 긍정적으로 말하며 협조해주는 남편에게 감사했다.

우리 부부가 이처럼 은밀하게 한 소원 쓰기와 더불어 행한 것은 일주일에 한 번은 꼭 외식하며 아이와 함께 있는 행복한 미래를 시각화했다. 생각하는 것이 중요한 만큼 우리는 임신과 출산을 하고서 몇 년이 흘러 아이와 함께 있는 가족사진을 상상했다.

그럼에도 믿음이 약해선지 때로는 감정 기복이 극도로 심해졌다. 예민한 나는 임신한 사람처럼 남편한테 닦달하면서 왜 우리가 아기 낳으려고 이 고생을 하고 있는지 모르겠다고 푸념했다. 힘들기는 매한가지인데 자꾸 여자인 나만 더 고통을 받는다는 생각에 더 위해주고 인정해 주기를 원하고 있었다.

　　그동안 좋은 음식만 먹고, 최대한 임신을 위해서 복이 달아날 만한 행동도 피하고, 운동도 쉬고 있다는 것을 누구보다도 잘 알고 있는 사람이 남편인데 생색을 내며 온갖 싫은 소리와 잔소리를 퍼붓고 있었다. 내가 아기를 가질 자격이 없는 게 아닐지 의심스러웠고 괜한 욕심을 내고 있나 싶어 괴로웠다. 절대로 해서는 안 되는 말이었지만, 애는 나 혼자 낳는 게 아닌데 왜 이렇게 나를 힘들게 하냐며 내뱉고 있었다.

　　남편의 표정은 일그러졌고, 당장 그만두자고 할 줄 알았는데 미안하다며 오히려 사과했다. 사업을 꾸려가느라 신경 쓸 곳이 많을 텐데, 뒤늦은 후회의 마음은 허공을 맴돌 뿐이다. 원할수록 자꾸 욕심내서 다가가기보다는 더 내려놓아야 한다.

　　난임 부부들은 서로 감정이 예민한 상태에서 외나무다리를 건너고 있는 것처럼 외롭고 쓸쓸하고 견디기 힘든 순간을 맞이하지만, 그런 때일수록 상대를 더 보듬어주고 똘똘 뭉쳐 합심해야 한다. 운명의 강은 혼자보다는 둘이 힘을 모을 때 더 편하고 안전하게 건널 수 있다.

✿ 철없는 아내

　내 마음이 엉망진창이고 진흙탕일 때는 주변에 있는 예쁜 꽃도 눈에 들어오지 않고 맛있는 음식을 먹어도 즐겁지 않았다. 매달 임신에 실패할 때마다 세상에 우리 부부만 덩그러니 남겨진 듯했다. 그런 나를 위로한답시고 건네는 가족과 친구들의 말이 더 깊은 상처가 될 뿐이었다.

　한 번은 어머님이 임신이 잘 되는 보약이라고 말하지는 않았지만, 남편과 각각 하루 세 차례 빠뜨리지 말고 먹으라며 한약 두 상자를 들고 오셨다. 비싸게 사 왔다면서 하루도 빼먹지 말고 먹어야 한다며 신신당부했다. 안 그래도 한의원에 가서 진맥하고 약을 내려 먹을 마음을 먹고 있었는데, 어머님이 지어온 한약이 마치 나를 살려줄 구원자 같았다. 한약 두 상자를 품에 안고 "감사히 잘 먹겠습니다" 인사를 하며 냉장고에 신줏단지 모시듯 넣어두었다.

　다음날부터 나는 하루도 빠뜨리지 않고 정성 들여 먹었다. 전자레인지에 중탕하면 약효가 떨어진다는 말을 들어 귀찮아도 반드시 냄비에 중탕하여 데워 먹었다. 반면, 남편은 회사 업무의 연장으로 이어지는 잦은 술자리를 핑계 대며 들쭉날쭉 먹으면 효과가 없을 테니 나중에 술 안 마실 때 먹겠다며 한약 먹는 일을 하염없이 뒤로 미뤘다.

　어머님은 아기가 안 생기는 이유가 전적으로 나 때문이라 의심하는 눈치였다. 어김없이 TV 연속극이 시작되는 저녁 8시가 되면 한약은 잘 먹고 있는지 확인 전화까지 하셨다. 그러니 더 열심히 챙겨 먹을 수밖에 없었다. 그런데 어느 날부터인가 아랫배에 통증이 반복되었다. 임신증상의 하나인가 싶어 반가웠다가 통증이 심해지자 잠시 맹장인가 의심했다. 체한 것과 다르게 배가 전체적으로 아팠다.

참을 만큼 참다가 도저히 견디지 못하고 집 앞의 내과를 찾았다. 3일 치 복통약을 처방받고 집으로 왔다. 3일이 지나자 증상은 오히려 더 심해졌다. 남편은 큰 병원으로 가보라고 소리쳤다. 아픈 것도 서러운데 함께 가주지도 않으면서 명령만 내리는 남편이 서운했다. 택시를 타고 집에서 그다지 멀지 않은 큰 종합병원에 갔다. 순간 산부인과랑 내과랑 망설이다가 배 전체가 아프니 내과로 접수를 하고 차례를 기다렸다. 오랜 기다림 끝에 내 이름이 호명되자 진료실에 들어가서 의사를 마주하고 앉았다.

의사는 내 얼굴을 보자마자, 먼저 피검사부터 하자면서 채혈실로 보냈다. 순서를 기다려 피를 뽑고 난 뒤 다시 내과로 와서 기다렸다. 그제야 제정신이 좀 돌아왔다. 주변을 둘러보니 혼자 병원에 온 사람은 나밖에 없었다. 보호자도 없이 혼자 앉아있는 내가 애처로웠다. 순간 죽을병이라도 걸렸으면 혼자 어찌 감당해야 할지 두려움이 밀려오면서 무서웠다.

피검사 결과는 참담했다. 의사는 큰 고통이 있었을 텐데 미런하게도 참았다면서 왜 이제 왔냐고 나를 혼냈다. 간 수치가 30이 정상인데 일반인보다 300배가 높으니 생명에 지장이 있다면서 당장 입원하라고 했다. 내가 죽을지도 모른다니? 혼자 입원 수속 절차를 밟으면서 서러웠다. 간 수치가 높다는 것은 술을 많이 먹은 사람에게 생기는 병으로 아는데, 술도 안 마시는데 '내가 왜?'라는 의문이 뒤따랐다.

2주일 넘게 병원 신세를 지는 동안 얼굴색이 곧 죽을 병자처럼 노랗게 변하면서 눈동자의 흰 부위까지 노랗게 황달 증상이 올라왔다. 뉴스에서만 듣고 보던 무서운 약물 부작용이었다. 친정아버지께서 내 입원 소식을 듣고 단숨에 달려와 노발대발하셨다. 하필이면 시어머니와 병실에서 마주치셨는데, 안 그래도 어렵고 어색한 사돈 관계가 더 냉랭하고 서먹해졌다.

아버지는 그동안 억누르고 참았던 분노를 삭이며 "내 딸아이가 아기를 못 가지는 게 누구 탓도 아닌데, 앞으로 계속 이렇게 하신다면 이만 딸을 집으로 데리고 가겠다"라고 단호하게 말씀하셨다. "우리 막내딸을 죽일 작정이지, 이렇게 하면 누가 살아남아서 버티겠느냐"고 천장을 바라보며 말끝을 흐렸다. 이렇게까지 하면서 내가 아기를 낳아야 하나 싶은 마음이 들면서 감정이 울컥했다.

이렇듯 양가 부모님과 가족, 친구들의 관심은 도움이 되기는커녕 상처만 남겼다. 스트레스만 쌓이게 하기에 우리는 더 멀리

도망쳐 숨고만 싶었다. 남편도 앞으로는 가급적 본가에 가지 말라고 했고, 최대한 둘만의 시간을 가지려 애썼다. 누구의 잘잘못 여부를 떠나 그릇된 정보로 우리를 힘들게 하는 사람들을 만나지 않으려 했다.

하지만 아무리 마음을 다스리려 해도 울분이 잘 가라앉지 않았다. 길을 걷다가도 임산부나 아기들을 보면 주체할 수 없는 감정이 솟구쳐 절망했다. 남편과 한배를 탄 동반자임에도 불구하고 나만 피해자인 양 징징거렸다. 분명 남편도 사람이니까 나처럼 힘들고 고통을 감내하고 있다는 생각이 잠시 들다가도 원망이 몰려왔다. 알다가도 모를 마음이었다.

인터넷 카페에 올라오는 임신증상을 매일 들여다보고 상상해서 그런지 모든 증상이 내 증상이고, 생각만 해도 곧 임신이 될 것만 같았다. 생리가 이삼일 늦춰지면 혼자 기뻐하며 아랫배의 통증을 아무에게도 말하지 않고 내심 즐기기까지 했다. 입 밖으로 말하면 혹시라도 복이 달아날까, 내 아기를 누가 훔쳐갈까 만삭의 임산부처럼 조심조심 행동했다. 그러다가 며칠 후 생리가 시작되면 내 즐거운 증상놀이는 끝나고 슬프게도 제자리로 돌아왔다.

야속하게도 매달 찾아오는 생리는 임신에 실패했다는 증거였고, 기대한 만큼 실망이 컸기에 퇴근하고 집에 오는 남편에게 내 화풀이는 반복되었다. 매달 롤러코스터를 타는 기분이었다. 주기적으로 미친 듯 날뛰는 망아지가 따로 없었다. 아기를 기다리는 마음은 같은 마음일 텐데 나만 위대한 일을 하는 듯 남편에게 짐을 떠안겼고, 나만 아프다고 끊임없이 투정을 부렸으니 분명 나는 철없는 아내였다.

내 마음은 바람에
흔들리는 갈대

학창 시절에 재미없고 지루한 과목은 아무리 공부해도 시간이 더디게 흘렀고, 최선을 다해 노력해도 성적은 별로였다. 반면 좋아하거나 재밌는 과목은 시간 가는 줄 모르고 신나게 공부해서 그런지 짧은 시간을 투자해도 성적이 좋았다. 적절한 비유일지는 모르겠지만, 내게 있어 임신이 그러했다.

돌이켜보면 우리가 아기를 기다린 6년은 36년만큼이나 길고도 더디게 흘러갔다. 신혼의 행복은 눈 깜짝할 만큼 짧았고, 즐겁고 행복했던 순간이 많았음에도 불만으로 가득 찼던 기억만 남아있다. 노력한다고 무조건 임신에 성공한다는 보장도 없을뿐더러 그렇다고 노력하지 않으면 성공하는 일은 더더욱 없을 것이다. 그저 신의 뜻에 맡겨야 했다.

오스트리아 출신의 유대계 정신과 의사이자 심리학자인 빅터 프랭클은 아우슈비츠 수용소에서 살아남은 자전적 수기 『죽음의 수용소에서』라는 책에서 죽음과 두려움의 공포 속에서 살아야 할 이유를 찾은 사람이라면 어떤 상황에서도 견딜 수 있다고 확신했다. 그는 고통에서 빠져나오고 싶어 병원을 찾아온 환자에게 제일 먼저 묻는 말이 "왜 자살하지 않느냐?"라고 물었다. 죽지 못해 힘들게 견디고 있는 사람에게 왜 죽지 않느냐는 문장이 내 귀에는 "왜 아기를 낳지 않느냐?"고 독촉하는 것처럼 다가왔다. 문장을 손가락으로 짚어가면서 다시 읽었지만, 가슴에 돌덩이처럼 걸려 내려가질 않았다.

우리나라가 전 세계에서 자살률 1위 국가라는데 "왜 그럴까?"라는 의문이 들었다. 여러 복잡한 사연들이 있겠지만 실제로 자살하는 게 그렇게 쉬운 일이 아니라는 말을 여러 차례 들었다. 마음의 병이 있는 사람들이 하는 최후의 선택이기 때문이다. 보통 사람은 그 어떤 상황이 닥쳐도 견뎌낼 힘이 있기에 버틸 수 있는 한계까지 고통을 준다고 했다. 위에서 말한 빅터 프랭클의 왜 자살하지 않느냐는 질문에 대한 환자들의 답변은 자식들이 걱정돼서 살아야 하고, 하고 싶은 게 많아서 살아야 하며, 슬퍼할 부모님을 생각해서 버텨야 한다고 했다. 간직하고 싶은 추억이 많을수록 미련 때문에 자살하지 않는다.

그럼 나는 왜 그렇게 아기를 꼭 낳고 싶은지 자신에게 물어보았다. 한 집안의 며느리로서 시집왔기 때문에 대를 잇기 위해서, 남편과 나를 쏙 빼닮은 아이를 갖기 위해, 남들 모두 결혼하면 자식이 있으니까… 그럴 듯한 이유가 떠오르지 않아 머리를 쥐어 짰다. 어찌 보면 보통 사람처럼 평범하게 살고 싶은 이유에서였 다. 처음에는 사랑하는 남편을 닮은 아이를 낳고 싶었고, 나를 닮 은 아이가 궁금해졌다. 가족계획을 세우며 가슴이 두근거렸고, 그 런 생각만으로도 옅게 미소 짓는 내 모습을 남편에게 들킬까 봐 조 심스러웠다.

해가 거듭되어도 안 들어서는 아이를 기다리는 고통이 아우 슈비츠 수용소에서 겪는 고통만큼 힘들지에 대해서는 개인차가 분명 있을 것이다. 감히 두 고통을 비교할 수 없다. 다만 아우슈비 츠에서 그들이 절대 가스실로 가지 않으려고 안간힘을 쓰며 버텼 던 것은 바로 정신력이었다. 나도 마찬가지로 난임의 고통이 아무 렇지도 않은 듯 명랑하고 쾌활한 척했지만, 그것은 올바른 정신으 로 살기 위한 나만의 생존법이었다.

처음에는 남편과 나의 사랑의 결실인 아기를 낳고 싶었다. 몇 년이 지나도 임신이 되지 않으니 점점 오기가 생겼다. 남들은 쉽게 갖는 아기가 왜 우리 부부에게는 이토록 힘들게 고난을 주고 찾아오지 않는지 의문이 풀리지 않았다. 다양한 방법으로 노력해 도 임신이 허락되지 않으니 더 욕심이 났다. 그런 만큼 절대 포기 하지 않고 불도저처럼 계속 여러 방법을 시도했었다.

해마다 돌아오는 결혼기념일에는 만감이 교차했다. 계획대로였다면 벌써 오순도순 화목한 모습으로 가족 파티를 할 텐데 여전히 단둘이 있는 모습이 낯설고 초라하기까지 했다. 촛불 밝히고 축하할 날인데도 극도로 예민해졌고, 온종일 화를 내며 빨리 지나가길 바랐다. 부처의 눈과 돼지의 눈이라는 뜻의 사자성어 '불안돈목佛眼豚目'이라는 말이 떠올랐다. 부처의 눈으로 보면 모든 것이 부처로 보이고 돼지의 눈으로 보면 모든 것이 추하게 보인다는 말이다. 나만 힘들고 불행하다고 생각했는데 주위에는 나보다 더 아픈 사람도 많다는 걸 알게 됐다. 나만 고통을 겪는 우울한 인생이라 생각했는데 다들 정도의 차이는 있지만, 고통을 견디며 살아내고 있다는 걸 깨달았다.

아이를 낳아야 한다는 것은 결혼한 여자로서 사명과도 같았다. 그랬기 때문에 단 한 번도 죽음을 생각하지 않았고, 어떤 방법으로든지 아이를 낳고 싶은 생각만 절실했다. 날마다 우리 가족의 행복한 미래 모습을 그림으로 그렸다. 아이들과 장미꽃 넝쿨이 있는 정원에서 행복하게 뛰어놀고 있는 가족의 그림을 말이다.

사실 난임은 처음 겪는 일이니까, 심신이 나약한 나를 강인하게 만들기 위한 신의 단련이라 생각했다. 그래서 2년까지는 나름 버틸 힘이 있었는데 3, 4년 차가 되면서 초조해졌다. 심란한 마음은 하루하루가 바람에 흔들리는 갈대와 같았다. 시간이 갈수록 그 기다림은 나를 지치게 했고 금전적, 정신적, 육체적으로 힘들게 했다. 그래도 나보다 더한 아픔을 이겨내고 있는 사람들을 보며 버텼고, 언젠가는 꼭 생길 거라는 기대와 희망 덕분에 기다렸는지도 모른다.

임신이 안 될 때 내가 가장 힘들었던 것은 속마음을 숨기는 일이었다. 마음이 아파도 안 그런 척, 눈물이 차올라도 아무렇지도 않은 척 연기했다. 거짓말할 때마다 피노키오는 코가 길어졌다면 내 속은 점점 시커멓게 타들어 갔다. 문제는 주위에 임신과 출산을 한 누군가를 내가 축하해줘야 할 때는 감정통제가 잘 안 되며 야속하다는 생각뿐이었다. 어쩔 수 없이 겉으로는 "축하해!"라고 말했지만, 속상한 마음에 더해 왜 나는 안 되는지 짜증이 나기 시작했다. 그런 날에는 집으로 돌아와 이불을 뒤집어쓰고 한바탕 꺼이꺼이 울음을 쏟아냈다.

사회생활이 힘든 게 인간관계의 어려움 때문이다. 내 의지와 상관없이 오해가 생길 수도 있으므로 때로는 겉과 속이 다르게 말하고 행동해야 했다. 속없는 사람처럼 말하고 집에 돌아와 죄 없는 남편에게 분풀이하곤 했다. 있는 그대로 난임을 인정하고 말하는 게 어려웠다. 어쩌면 선입견일 수 있겠지만 열등감이 생겼다. 결혼하고 아기를 안 낳고 사는 부부를 바라보는 곱지 않은 사회적 시선이 싫었다. 분명 둘 중에 무슨 문제가 있어 아이가 안 생기는 게 아닌가 하는 의심을 거두지 않을 거라 생각했다. 지나고 보니 사람들은 남의 그런 일에 관심이 없다는 걸 알게 되었다.

임신만이
답이다

혹시나 신혼 때 1년 넘게 피임을 해서 임신이 안 되는가 싶어 내가 마음을 졸이고 있는데, 어머님 말씀이 가슴에 박혔다. 한창때는 피임해도 아이가 덜컥 들어선다는데 어째서 그 쉬운 것도 어렵냐면서 구박 아닌 구박을 했다. "마음이 편안해야 아기가 잘 들어선다"라고 입이 닳도록 강조해놓고, 간신히 다잡고 있는 마음을 마구 헝클어 놓으셨다. 그렇게 마음에 폭탄을 터뜨려 놓고도 언제 그랬냐는 듯 어머님은 돌아서면 금세 잊어버리셨다.

어머님의 시도 때도 없이 쏟아내는 말들을 들으면 내 속에서는 천불이 났다. 얼른 자리를 피하고 싶은데 어느새 태몽 보따리를 끄집어내어 발목을 붙잡았다. 한두 번도 아니고 이젠 지긋지긋했다. 하루하루를 가슴 졸이며 견뎌내는 임신 준비생한테 엄청난 스트레스를 주고 있다는 사실을 알고 계실까 궁금했다. 이것에서 벗어나는 길은 한 가지뿐이었으니, 임신에 성공하면 해방될 수 있다는 지극히 단순한 원리였다.

남편과 결혼하려 했던 목적이 어느새 바뀌어 가고 있었다. 머릿속을 온통 채우고 있는 것은 바로 '임신, 임신, 임신'이었다. 아이를 낳는 것이 소원인 사람이 되었다. 사랑하는 사람과 함께 밥 먹고, 같은 공간에서 숨 쉬고, 같은 곳을 바라보며 미래를 꿈꾸고 싶어 결혼했는데 어느 때부터 아기 낳으려고 결혼한 것처럼 바뀌어 있었다.

결혼 3년 차가 되니 '애 없는 여자', '애 못 낳는 여자'로 꼬리표가 따라 다녔다. 난임 진단을 받은 당사자들은 인정하기 싫겠지만, 사회적으로 내몰리는 그런 따가운 시선을 피할 수 없었다. 시내에 일이 있어 나가면 꼭 반갑지 않은 예전 직장동료를 만났다. 못 본체 지나치려 했으나 이름을 크게 부르며 반갑게 다가왔다.

"선미 씨, 직장생활이 꽤 힘들었나 보다. 사표 던지고 쉬니 얼굴에 꽃이 피었는데…"

아이가 생기면 얼굴이 수척해지고 까칠해진다는데 내 얼굴에 '꽃이 피었다'는 말은 무슨 말인가 싶었다. 너무 푹 쉰 탓에 얼굴에 살이 올랐다는 말인가. 그들의 안부 인사가 진짜인가 의심이 들기까지 했다. 아기 가지려고 직장을 그만두었다고 소문이 났고, 그러다 보니 계속되는 내 임신 실패는 때로 그들 대화의 좋은 안줏감이었다.

"금방이라도 좋은 소식이 들리겠는데?"

아무리 좋게 생각하려 해도 덕담으로 건네는 말조차도 삐딱하게 들려 속상했다. 그들이 반갑지도 않을뿐더러 얼른 자리를 피하고 싶었다.

그렇게 어느 때부턴가 주변 사람들이 갖는 지나친 관심이 나를 자극했고, 상대의 눈빛만 봐도 무슨 말을 건넬지 직감할 정도로 극도로 예민해졌다. 그들이 건네는 말 한마디 한마디가 바늘이 되어 온몸을 찌르는 고통으로 다가왔다. 오랜만에 만난 반가운 지인일지라도 임신 소식을 물어보는 게 노이로제였다. 상대는 인사치레로 한번 물어보는 말이지만, 듣는 나는 지겹도록 들어 곤란할 지경이었다.

당시 내가 가장 부러웠던 사람은 허니문 베이비가 생겼다고 자랑하는 부부였다. 결혼식 날을 신부 측에서 맞춰 잡는 이유가 바로 임신해서 가문의 대를 잇기 위함이었다. 허니문 베이비는 하늘이 도운 행운아가 틀림없었다. 그렇지 못한 나는 과거를 돌아볼 수밖에 없었다. 정성으로 먹어야 할 엽산제와 영양제를 소홀히 먹었던 탓이라 후회했고, 야식을 즐기는 남편을 말리지 못하고 치킨에 시원한 맥주를 덩달아 마셔서 임신에 실패했을지 모른다며 죄책감에 시달렸다. 내가 저지른 그동안의 잘못 때문에 이런 고통을 받고 있다고 생각하니 오히려 마음이 가벼웠다.

어쩌면 내게 있어 임신은 시험 치르는 수험생 같은 자세였다. 같은 문제를 주고 시험을 보는데 계속 나만 불합격하는 것 같았다. 나 혼자만의 노력으로는 결코 성공할 수 없는 것임에도 반복되는 임신 실패는 나를 위축되게 만들어 무엇 하나 선택할 힘조차 사라졌다.

어릴 때만 해도 남녀가 손만 잡고 자도 아기가 생기는 줄 믿었던 바보 천치였었는데… 그때 아침 밥상머리에서 밤새 꾸었던 꿈 이야기를 꺼냈다가 아버지한테 혼쭐이 난 기억이 난다. 이유는 이빨 빠지는 꿈이 나쁜 꿈인 줄 모르고 밥상머리에서 신이 난듯 조잘거렸기 때문이다. 뒤늦게 알게 된 꿈풀이는 가까운 친인척이나 어른들이 돌아가시는 불길한 꿈이었다. 다행히 아무 탈 없이 지나갔지만, 어린 마음에도 꿈 얘기를 함부로 해서는 안 된다고 생각했다.

그런데 눈만 감으면 태몽을 꾸시는 어머님은 날이 갈수록 손주를 기다리는 마음을 드러내어 압박하셨다. 내가 태몽을 꾸지 않아서 임신이 안 되는가 싶어 제발 태몽 좀 꾸게 해달라고 두 손 모아 기도했다. 반짝이는 보석을 품에 안는다든가, 아니면 뱀이나 물고기, 용이 나에게 달려드는 꿈, 유명 연예인을 만나서 데이트하는 꿈을 간절히 원했다.

이런 모든 불편한 시선에서 하루빨리 벗어나기 위해서는 임신만이 답이었다.

남편과의
거리

내가 친정에서, 특히 엄마에게 무한사랑을 받고 자랐다 자부할 수 있다. 막내라는 이유로 사랑을 독차지했었다. 만약 내가 자식을 낳는다면 엄마처럼 내가 받은 사랑을 아이랑 나누고 싶었다. 당연히 결혼하면 순리대로 아기가 생기고, 남편은 바깥일을 하고 나는 집안에서 살림하며 아기를 키우고 싶다고 막연하게 생각했었다.

그런데 결혼하고 몇 년이 지나도 아이가 들어서지 않았다. 업무에 대한 스트레스가 원인인 것 같아 임신을 위해 직장을 그만두고 전업주부가 되었음에도 내 품에 아이는 안겨 오지 않았다. 장 보러 마트를 가거나 쇼핑을 나가면 엄마와 아이가 손잡고 도란도란 속삭이며 걸어가는 뒷모습이 얼마나 행복해 보이는지⋯ 내가 갖지 못한 부러움으로 멍하니 멈춰 서서 한참을 바라보았다.

결혼 후에도 계속해서 직장을 다니는 언니는 조카 둘을 시어머니께서 맡아 양육해주셨는데, 가끔 피치 못할 사정이 생기면 조카를 우리 집에 맡겼다. 아기를 키워보지 못한 나는 경험 부족으로 진땀을 흘렸지만, 조카에게 가까이 가면 젖살이 올라 볼은 터질 듯하고 품에 안으면 풍겨오는 우유 냄새가 퀴퀴하면서도 달콤했다. 아기에게 나는 냄새가 파우더 냄새처럼 부드럽고 좋았다. '아, 엄마만이 누릴 수 있는 기쁨이 이런 거구나' 하는 행복감이 저절로 들었다. 남편은 질투하고 샘내면 임신이 빨리 된다는 말을 믿지 않았지만, 나는 조카를 돌보면서 엄마가 되고 싶은 마음이 더 간절해졌다.

그러다보니 매달 임신이 안 돼 생리가 터지는 날이면 초상집처럼 슬픔이 집안을 가득 채웠다. 그렇듯 감정 기복이 심해져 180도 돌변하는 나를 남편은 이해하지 못했다. 어쩌면 이해하고 싶은 마음조차 없을지도 모른다. 임신이 안 되는 원인이 내 예민한 몸과 성격 탓이라고 말했지만 나를 그렇게 만드는 것은 남편이었다.

결혼하면 당연히 아기가 생긴다고 생각했던 남편은 여전히 난임을 받아들이지 않았다. 병원에 다니면서 아기를 갖는 것 자체를 신의 영역을 거스르는 행위라고 생각했다. 그런 남편 앞에서 어머님의 전화를 받고 있으면 여자의 일생이 무조건 아기를 낳아야만 하는 몸인가 싶어 서글픈 마음이 가시지 않았다. 나란 존재는 갈수록 희미해져 갔고, 남편과 시어머니 사이에 끼어서 이러지도 저러지도 못하고 눈치만 살피느라 나날이 말라 갔다.

내가 한 가지 이해할 수 없는 부분은 어머님의 이중성이었다. 시아버지가 계실 때와 남편과 있을 때는 천사가 따로 없었다. 하나밖에 없는 귀한 며느리라며 설거지를 시키는 것도 아깝다고 하시더니 나와 단둘이 있을 때는 돌변했다. 아기가 안 생기는 마당에 더 힘들었던 점이 바로 이런 부분이었다. 팔은 안으로 굽는다고 내가 아무리 말해도 남편은 어머님 편을 들 것이 분명한 마당에, 자칫 잘못 행동했다가 중간에서 이간질하는 며느리가 되기 싫었다. 어머님 말씀을 듣고 혼자 속앓이하며 참아야만 하는 스트레스가 상당했다.

임신이 늦어지면서 어머님은 시도 때도 없이 나를 불러들였다. 남편도 모르는 본가 이야기와 어머님이 긴 세월 동안 받았던 시집살이까지 낱낱이 들려주시는데 귀를 막을 수도 없고, 좌불안석이 되어 듣는 동안 스트레스가 엄청났다. 제사가 있을 때는 회사에 사정을 말하고 오전 근무만 하고 시댁에 가야 했다. 그동안 어머님 혼자 제사 음식을 준비했지만 이제 며느리가 들어왔으니 둘이서 제사상에 올릴 5종류의 부침개와 3가지 나물을 만드느라 정신이 없었다. 일하는 것보다도 어머님의 하소연을 듣는 게 힘들었다. 나도 모르게 다른 친지분들에 대한 선입견이 생기기도 했고, 어머님 외에는 모두 나쁜 사람으로 각인되었다. 가스라이팅 효과가 이렇게 무서운 거였다.

게다가 내가 고분고분 순응해야만 집안이 조용했다. 남편이 어머님과 여러 면에서 같다는 걸 함께 부대끼고 살면서 알았다. 남편은 모든 일을 자기 뜻대로 해야 직성이 풀리는 성격이었다. 나에게 실컷 의견을 수렴해놓고는 최종선택은 자기 마음대로 결정했다. 그렇게 할 거면서 왜 나한테 물어보는 건지 화가 났지만 따지는 것도 한두 번이지, 시간이 흘러도 좀처럼 바뀌지 않았다.

신혼에 남자는 여자 하기 나름이라고 기 싸움한다고들 하지만 내게는 통하지 않았다. 돌이켜보니 이길 수 없는 남자였다. 특히 임신이 안 되는 처지에 놓이니 나뿐만 아니라 친정 부모님까지 큰 죄를 짓고 있는 느낌이었다. 말하지 않아도 그 눈치는 가시방석처럼 따가웠고 어느 곳으로 발을 뻗어도 편치 않았다.

임신만 된다면 이 불편한 마음들이 깃털처럼 가벼워질 것 같아 무슨 수를 써서라도 아기를 낳고 싶었다. 막상 아기를 낳는다고 당장 달라질 것은 없겠지만 마땅한 도리를 해야 그나마 살 것 같았다. 떳떳하지 못했던 친정 부모님도 내가 임신하면 두 다리 쭉 펴고 주무실 것 같았다.

학창시절에 시험을 잘 보고 싶을수록 긴장돼서 시험을 망치듯이 아기를 간절하게 원할수록 아기는 내게서 점점 멀어지는 것 같았다. 단 한 번도 태몽이 꾸어지지 않았고, 몸에 조금이라도 변화가 있기만을 바라는데 지극히 정상적이고 생리는 칼같이 규칙적이었다.

어느 날 늦은 밤에 퇴근하고 들어온 남편이 술김에 불편한 속내를 꺼내놓았다. 온종일 집에서 남편만 바라보고 있는 내게 재미난 일을 찾아보라고, 매일 임신할 궁리만 하니까 더 어긋나는 것 같다고 말했다. 뭔가 다른 것에 관심을 가지면 본인이 늦게 귀가하는 것에 대한 미안함도 사라질 텐데, 저녁마다 혼자 밥 먹고 거실 소파에 우두커니 앉아 기다리고 있으니 민망하다고 했다.

내가 야근이 잦은 회사에 다녀 스트레스가 심하니 임신을 하려면 일을 그만두라고 했던 남편이 이제는 계획대로 임신이 되지 않으니 다시 일을 시작해보는 게 어떠냐고 말하고 있다. 아닌 밤중에 홍두깨라고 정말 어처구니가 없었다. 사실 직장을 다니며 스트레스가 없었다면 거짓말이겠지만 막상 전업주부가 되니 하루가 너무나 길었다. 주인을 기다리는 강아지처럼 남편 퇴근 시간만 기다리는 사람이 되어 있으니 말이다. 사회생활을 하는 남편에게 올가미를 채우듯 공사를 따지는 옹졸한 아내가 되었다.

남편은 그런 나의 구속이 싫었는지 이제 임신을 위한 노력을 그만하자고 했다. 그냥 우리 둘이서도 행복하게 살 수 있지 않겠냐고 잊어버리자고 했다. 우리가 이렇게까지 하는데도 안 주시는 걸 보니 우리 운명에 아이가 없을 수도 있는 것 아니냐며 나를 설득했다. 하마터면 남편 말에 넘어갈 뻔했다. 감히 입에 담을 수가 없었을 뿐, 나라고 포기하고 싶은 마음이 없었던 것은 아니니까 말이다.

결혼으로 남편과 한배를 탔다고 해서 그동안 살아왔던 환경과 생각이 하루아침에 같아질 수는 없다. 서로 다름을 존중해 주려고 노력하는데도 자꾸 다투게 됐다. 내가 말을 하지 않으면 남편은 혼자 맘대로 생각해 버리기 때문에 입장을 분명하게 밝혀야 했고, 때로는 서로 적당한 선을 만들어 놓고 간섭하지 않아야 싸우는 횟수가 줄어들었다. 아무리 격 없는 부부 사이라 해도 어느 정도 거리감을 두는 것이 서로 상처를 덜 받고 좋은 관계를 유지할 수 있다는 생각이 들었다.

임신이 잘 되는
몸만들기

임신이 잘 되는 몸이란 스트레스가 없는 편안한 몸 상태여야 한다. 하지만 임신해야지 생각하고 뭔가를 찾아하려고 하면 그것이 스트레스가 된다는 사실을 우리는 잘 모르고 있다. 요즘 난임 부부가 많아지는 데는 늦은 결혼 탓도 있겠지만 스트레스가 원인인 경우가 많다. 난임을 겪는 부부와 암을 진단받은 환자의 스트레스가 비슷하다는 말도 있을 정도다.

나는 직장에 다니면서 받는 스트레스가 난임의 원인이라고 생각했던 적이 있었다. 퇴사만 하면 금세 임신이 될 줄 알았다. 보란 듯이 임신하겠다며 당당하게 사표를 던지고 나왔지만, 임신은 더 멀리 도망치는 것 같았다. 직장은 물론 지인들에게 임신하겠다고 공개한 마당에 얼른 임신 소식을 전해야 하는데 그렇지 못하니 시간이 흐를수록 그것이 또 스트레스가 되었다. 종종 안부를 묻는 문자와 전화가 거북스러워졌고, 자연스레 몸도 마음도 움츠러들기 시작했다.

마음을 편하게 갖는다는 것이 애매하기도 하거니와 참으로 어려운 얘기였다. 꼭 거창한 뭔가를 해야만 할 것 같은 마음이 되어 다들 가만히 있지 못했다. 육아 맘 카페에 들어가 마음 편하게 갖는 방법을 찾아봐도 잠을 충분히 자야만 하고, 건강한 단백질 위주의 식단으로 먹고, 규칙적인 운동과 함께 절대 스트레스를 받으면 안 된다는 등 누구나 알 수 있는 상식의 글들이 올라와 있다.

나에게 임신은 어려웠던 수능시험만큼이나 답이 없는 문제를 푸는 느낌으로 몇 년을 헤맸다. 임신 되는 비법을 파면 팔수록 더 간절함이 커져서 절대로 포기할 수 없었다. 한방에서는 임신이 잘 되려면 손발이 따뜻하고 아랫배가 따뜻해야 한다고 해서 늘 찜질팩을 등에 깔고 잔 적도 있었다. 하지만 전기요는 전자파가 나와서 태아에는 안 좋다고 해서, 임신도 안 했음에도 언제 임신이 될지 모르는 상황이니 지속할 수가 없었다.

난임 카페에 손발이 차서 임신이 안 된다는 말이 있어 여성회관에서 수지침강좌를 신청해서 들었다. 첫 수업에 참석하니 나를 제외하고는 모두 연배가 있으신 어르신들이었다. 순간 그곳에 있는 내가 낯설고 어색해서 망설여졌지만, 다들 딸처럼 예뻐해 주셔서 수지침과 쑥뜸 뜨는 방법을 배웠다. 그러면서 실습 겸 손발이 찬 것을 치료하기 위해서 아침저녁으로 수지침을 놓고 쑥뜸을 떴다. 내가 혼자 침을 놓고 앉아있는 모습을 보면서 남편은 자신이 노인네랑 사는 것 같다며 놀렸지만, 침을 놓고 뜸이라도 뜨고 있으면 곧 임신이 될 줄로 믿었다. 쑥뜸을 뜨고 외출하면 다른 사람들이 담배 냄새난다고 킁킁거려도 아랑곳하지 않고 버텼었다.

몸을 따뜻하게 하는 게 임신에 도움이 된다고 하여 체온 올리는 것을 알아봤다. 혈액순환이 잘 되는 방법으로 걷기 운동을 추천해서 당장 시작했다. 마트, 도서관, 여성회관, 문화센터, 은행 업무를 보러 갈 때도 운동한다 생각하고 두 팔을 내저으면서 힘차게 걸어 다녔다. 집에만 있으면 한없이 게을러지고 몸을 움직이기 싫었는데 일단 걷기가 생활화되니 체력이 좋아지는 게 느껴졌다.

하지만 무슨 운동이든 혼자서 지속적으로 해나가는 일은 보통 사람에게 불가능했다. 그날그날 마주하는 기분을 탓하고 날씨를 핑계 대면서 운동을 거르는 날이 많아졌고, 어느 날부턴가 계속 시계만 쳐다보며 하루를 보내고 있었다. 임신하고 싶으면 운동은 필수라고 했지만, 혼자 하는 운동은 생각처럼 오래 지속할 수 없었다. 결국엔 헬스장을 찾았는데, 에어로빅을 하면 요가를 기본으로 해준다는 말에 3개월을 등록했다. 한 번도 운동에 돈을 써본 적이 없던 터라 새로운 도전이었다. 낯선 사람들과 낯선 공간에서 난생처음 에어로빅을 배웠다. 일단 내가 어떤 사람인지 꼬치꼬치 묻지 않고 알려고 관심을 가지는 사람이 없는 게 좋았다.

아직도 에어로빅을 처음 하던 날을 잊을 수 없다. 나 혼자 평

퍼짐한 운동복 바지에 박스티를 입고 맨 뒤에 섰다. 나머지 회원들은 노출이 심한 탑에 짧은 팬츠를 입고 있어 내 눈이 휘둥그레졌다. 오히려 내 옷차림이 튀었다. 창피한 줄도 모르고, 가슴이 뻥 뚫리는 큰 음악 소리에 정신이 홀려서 처음으로 온몸을 탈춤 추듯이 우스꽝스럽게 흔들었지만 내 몸은 나비처럼 가벼웠다. 에어로빅할 때만은 난임을 새까맣게 잊어버렸고, 다들 20대 새댁으로 봐주니 즐겁기만 했다. 아기를 낳지 않았으면 무조건 새댁이라 한다고 알려줬지만 그 말이 싫었다. 새댁이라고 듣지 않아도 되니 아기엄마가 되고 싶었다.

당시 나는 임신이 되기 위해 다양한 방법으로 노력했다. 임신에 좋은 단백질 섭취를 위해 두유와 치즈 주문을 끊이지 않았고, 음식으로 섭취 불가능한 영양제는 추가로 주문했다. 값비싼 건강보조식품을 골라서 먹었다. 경제적으로 부담이 됐지만, 이왕이면 한 번에 임신이 되고 싶은 마음에 남편을 설득하고 졸라댔다. 꼭 먹어야만 금방 임신할 것 같다고. 남편은 믿는 눈치는 아니었지만 알면서도 속아주었다. 남편 역시도 싫은 내색하지 않고 삼시 세끼를 빠지지 않고 챙겨 먹었다. 아마도 기대하는 마음은 나와 같았을 것이다.

임신이 빨리 되고 싶은 마음에 좋다는 영양제를 열심히 챙겨 먹으며 노력했지만 기대와는 달리 매달 찾아오는 생리는 규칙적이었고 임신 기미조차 없었다. 그냥 몸만 건강해진 것일까. 건강보조식품은 약이 아님에도 나는 TV 광고나 카페 정보를 통해서 뭐가 좋다고 보거나 들으면 꼭 몸소 체험을 해봐야 직성이 풀렸다. 잘못된 정보만 믿고 남편한테 두고 보라고 자신만만했던 게 떠올라 더 미안해졌다.

변명하자면, 임신이 절박했던 나는 모든 경우의 수를 수용할 수밖에 없었다. 어떤 사람은 욕하겠지만 그 정도로 나는 간절했다. 내 몸에 좋고 나쁘고는 아랑곳하지 않고 임신 성공 가능성만 있다면 안달하며 미친 듯이 노력했다. 몸이 약해 그렇다고 하면 그것만 채우면 금방 거머쥘 수 있다는 듯이 상담을 받으며 기대하고 상상하기를 반복했다.

사실 우리는 임신이 잘 되는 방법을 알고 있지만 실천하기가 어려울 뿐이다. 난임 부부라면 함께 규칙적인 운동과 생활을 유지해야 하고, 몸의 대사가 좋도록 많이 움직여야 한다. 술과 담배를 가급적 피하고, 탈모치료제나 발모제는 자녀 계획이 끝나고 복용하길 권한다. 특히 남성에게 스테로이드 성분이 들어간 단백질 보충제는 정자 생성능력을 떨어뜨리기 때문에 먹으면 안 된다. 가장 중요한 핵심은 마음을 편안하게 유지하고, 내가 좋아하는 일을 하며 바쁘게 살아야 한다. 배란일, 생리일을 잊고 살 정도로 임신을 의식하지 않으면 자연임신도 가능할 것이다. 내 몸을 임신에 맞게 최적화하려 마음먹는 순간부터 이미 스트레스가 시작된다.

OECD(경제협력개발기구) 기준 저출산은 2.1명 이하인데 2023

년 우리나라는 0.72명 초저출산으로 집계되었다. 사회적으로 출산을 꺼리는 풍조가 만연한 탓이다. 속으로 조금 들어가 보면, 아무리 저출산 시대라도 아기를 간절히 갖고 싶어 하는 부부가 의외로 많다는 사실은 잘 드러나지 않는다. 국가적으로 초저출산을 막기 위해서 장려금도 주고, 난임 부부를 위한 지원금도 아낌없이 지급되고 있지만, 개인적으로는 이들을 바라보는 사회의 시선이 변해야 한다는 생각이다. 내 경험에 의하면 바라보는 눈초리가 따가웠고 가장 큰 스트레스였다.

시대의 변화에 따라 결혼연령이 늦어진 만큼 여성의 가임기는 짧아졌지만 의학 기술의 발달로 인해 충분히 아기를 만날 수 있다. 우리 부부는 처음부터 난임을 인정하지 않았다. 돌이켜보면 난임이라고 인정하는 순간 얼마든지 길은 열려있었다. 쓸데없는 고집으로 정신적, 육체적, 경제적으로 낭비했던 허송세월이 아까울 뿐이다. 꼭 아기를 만난다는 믿음으로 부부가 함께 노력한다면 반드시 아기를 선물 받을 수 있다.

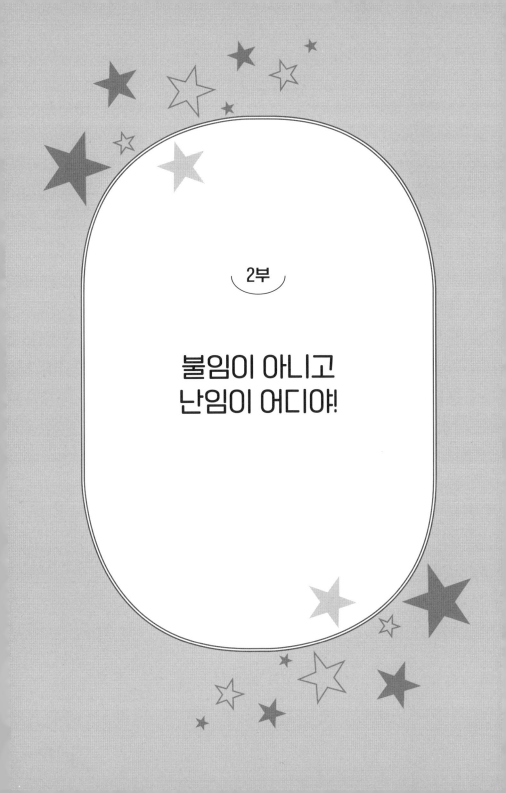

2부

불임이 아니고
난임이 어디야!

나에게 맞는
최고의 전문가 찾기

결혼 2년 차에도 임신이 되지 않자, 혹시라도 몸에 이상이 있는 건 아닌지 처음으로 의심이 들었다. 남편과 함께 병원에 가보고 싶었지만 언제나 바쁘다는 이유로 이 핑계 저 핑계를 대는 바람에 나 혼자 집에서 가까운 작은 산부인과를 찾았다.

내가 찾은 작은 병원은 분만하는 산부인과라서 그런지 임부복을 입은 분들이 몇몇 눈에 띌 뿐 나처럼 임신이 안 돼서 병원을 찾는 사람은 없는 것 같았다. 접수하면서도 초진이라 그런지 처음 생리를 시작한 나이, 최근 생리 시작일과 마지막 생리일을 꼼꼼하게 기재해야 했다. 가뜩이나 임신이 안 돼서 속상했는데 산모 수첩을 들고 있는 분들이 자꾸 눈에 들어와 신경 쓰였다. 한편으로는 기필코 임신해서 임부복을 입고야 말겠다고 다짐했다.

결혼 후 임신을 위해 병원에 다니게 될 줄은 꿈에도 몰랐다.

의사는 처음이니 배란일을 맞춰서 임신을 시도해 보자고 했다. 설명을 들으니 결코 복잡하다거나 어려워 보이지 않았다. 부부가 함께 오는 게 아니라, 나만 병원에 와서 난포 크기를 초음파로 확인하여 난포 터지는 시기에 맞춰 합방하는 날과 시간을 받아 거사를 치르면 되었다.

의사의 처방에 따라 여러 차례 임신을 시도했지만 내 몸에 이상이 있는 건지, 아니면 의료진의 실력이 없는 건지 매번 실패했다. 좀 더 큰 병원으로 옮기는 것이 좋겠다는 생각이 들었다. 그렇게 해서 남편과 함께 찾아간 대전의 M병원은 일반 산부인과라기보다 '불임 전문병원'이었다. 불임의 원인을 찾기 위해 피검사는 기본이고 다양한 정밀 검사들을 진행했다. 난임 병원을 찾으면 관문처럼 거치는 것이 바로 나팔관 검사였다.

간호사는 진료의뢰서를 주며 근처 영상의학과에 가서 엑스레이를 찍어오라고 했다. 남편은 병원에 어떻게 엑스레이 장비도 없냐면서 투덜거렸지만, 당시만 해도 불임 전문병원은 베일에 싸인 듯 희귀했고 규모도 작았다. 게다가 병원을 찾은 남편들이 지극히 꺼리는 정자 검사를 의무적으로 받아야 했다. 다행히도 남편의 정자에는 이상이 없었다.

일단 의사는 자연 배란 요법으로 배란일을 점검하여 난포 크기와 자궁내막 두께를 검사했다. 그리고 합방 날과 시간까지 정확하게 알려주고 부부관계를 해서 임신이 되기를 유도했다. 전에 다니던 병원에서도 배란 요법으로 시도했었는데 임신에 성공한 적이 없었다고 말씀드리자, 잠시 고민하는가 싶더니 다음 단계인 인공수정을 해보자고 하셨다. "부부의 몸에 이상이 없으니 인공수정으로 한 번에 임신이 될 것 같다"라는 덕담에 한순간 눈앞이 환해지는 기분이 들었다.

인공수정은 자연 배란기에 맞춰 난자의 상태와 난포 크기를 보고 최적의 시기에 남편의 정액을 자궁 내에 인공적으로 삽입하는 방법으로 진행되는데, 역시나 임신에 실패했다. 기대가 컸던 만큼 우리 부부는 상심해 있는데 워낙 많은 난임 부부들을 상대하면서 이런 상황을 겪어온 의사는 담담하게 다음 단계를 설명해나갔다. 이런 일은 처음인 데다 아무런 정보가 없기에 우리는 무작정 따라갈 수밖에 없었다.

나는 과배란 주사요법으로 난포를 키우는 주사를 맞았던 터라 피검사와 초음파로 난포를 확인해야 해서 병원에 자주 가야 했다. 병원에서 여러 가지 시도를 할수록 임신에 대한 기대가 커졌고, 한편으론 몸의 변화를 세세히 기록하는 일이 스트레스가 되어 신경이 날카로워졌다. 감정이 수시로 들쭉날쭉해지는 나를 달래느라 남편이 많이 힘들어했다.

몇 개월 동안 M병원에서 인공수정을 시도하면서도 속마음은 자연적으로 임신이 되기를 은근히 기다렸다. 주변에서는 어린 애도 아닌데 순진하게 의사의 말을 곧이곧대로 믿는 부부가 어디 있냐며 증명되지 않은 방법을 시도하라고도 했다. 모범 환자였던 우리는 그것만이 정답이라는 생각으로 의사의 지시를 성실하게 따랐건만 안타깝게도 결과는 정해진 대로 흘러가지 않았다. 다른 사람에게 일어나는 기적이 우리 부부에게는 일어나지 않았다. 편안하게 마음을 내려놓으면 자연임신이 될 가능성이 있다는 확률 역시도 나와 상관없는 일이었다.

우리 부부가 우왕좌왕하는 동안에도 시간은 잘도 흘러갔다. 계속 인공수정을 시도했음에도 임신에 성공하지 못한 우리 부부는 의기소침해 있다가, 결국에는 아무것도 하지 않으면 임신이 될까 싶어 병원을 끊고 쉬었다. 자꾸만 임신에 실패하는 것이 우리만의 문제가 아니라 병원을 탓하고, 의사의 실력을 탓하고 싶어졌다. 병원에 다니는 동안 언제나 긴장됐었고, 몸의 변화를 살피고 기록하려다 보니 매사에 민감해졌다. 몸에 이상이라도 있으면 아기 낳는 것을 포기할 텐데, 원인을 알 수 없는 이유로 임신을 포기하기는 쉬운 일이 아니었다. 문제는 생기지도 않는 아이를 낳겠다고 열 일 제치고 달려가고 있으니 안타깝기만 했다.

자연스럽게 임신과 출산을 하는 사람은 난임이 뭔지도 모를 일이지만 이미 겪고 있는 사람은 저절로 위축되며 숨고 싶어진다. 아기를 갖지 못하는 난임의 고통은 가족을 잃는 사별의 고통에 버금갈 정도라고 하면 과장이라고 생각할 수도 있지만, 내가 다녔던 병원의 의사가 했던 말이다. 그만큼 우리 부부는 힘든 시간을 보내고 있었다.

결혼 전까지만 해도 결혼과 임신은 통과의례라고만 생각했다. 결혼한 부부라면 임신해 아기를 낳고 행복한 가정을 만드는 일은 당연하다고 생각했지, 설마 내가 난임 부부가 되리라고는 상상조차 못 했다. 그러니 난임을 겪는 부부의 고통이나 아픔에 대해 생각해본 적이 있을 리 없다.

상처란 소수의 입장을 공감하지 않는 다수와의 시각차에서 발생한다. 난임 부부에게 있어 무엇보다 힘든 일은 인간관계였다. 나중에 어렵게 아기를 낳은 분들의 얘기를 들어보면 시험관 아기 시술을 하는 과정이 힘들다지만, 난임을 바라보는 주변의 따가운 시선만큼은 아프지 않았다고 한다.

상처를 주는 사람은 다양했다. 남편은 물론 시가와 친가, 친구, 직장동료, 선후배 하며 연락이 뜸했던 지인들까지 위로한답시고 건네는 말들이 오히려 나를 힘들게 했다. 평소라면 아무렇지도 않을 말들이 모두 상처가 되었다. 덩그러니 외딴 섬처럼 혼자 떨어져 있는 느낌을 그들은 알지 못했다. 어째서 나에게 난임이란 어려움이 닥쳤을까.

결혼한 친구들은 아이 없이 지내는 우리 부부를 부러워했지만, 나는 아이 때문에 옥신각신 다투며 사는 친구들의 삶이 한없이 부러웠다. 육아 이야기로 수다를 떠는 친구들과의 채팅창과 개인 홈피에 끼지도 못하고 나오지도 못하는 어정쩡한 나의 처지가 너무도 싫었다. 남편에게 속내를 털어놓아 봐도 공감은커녕 남의 일인 듯 무심히 반응했다. 게다가 미혼으로 살아가는 친구는 남의 속도 모르고 한술 더 떴다. 굳이 임신해야 하냐며 한 번뿐인 인생을 즐기라는데, 그 말이 어찌나 서운했는지 모른다.

결혼하고 보니 사회에서는 여자와 남자가 결혼하면 애를 낳는 것을 당연하게 여겼다. 젊은 사람들은 비혼주의니 딩크족을 쉽게 이야기하지만, 어른들에게 있어 애를 낳지 않고 사는 것은 정상 가족이 아니었고, 오히려 허물이 되어 입방아에 오르내렸다.

이런 처지에서 나 역시도 친구들의 인생을 있는 그대로 봐주지 못했고, 임신한 친구의 기쁨에 진심으로 박수를 보내지 못하는 속 좁은 사람이 되어갔다. 난임으로 인해 친구 관계는 물론 인간관계에 균열이 오면서 점점 소외되어 갔다. 이렇듯 마음이 정처 없이 흔들릴 때 나를 붙잡아 살려준 곳이 있었으니, 바로 난임 카페였다. 그곳에서 넓고 넓은 세상에 나와 같은 고민을 하는 사람들이 있다는 것을 아는 것만으로도 위로가 되었다.

나는
네가 부럽다

오랜만에 고향 친구에게 연락이 왔다. 한동안 내가 동창 모임을 쉬었던 터라 얼굴 까먹겠다고 이번에는 꼭 나오라고 당부했다. 그동안 이런저런 핑계를 대며 모임을 피했는데 이제는 그럴 빌미조차 없었다. 7공주였던 친구가 급하게 결혼식을 치르게 됐다며 이번 모임에 겸사겸사해서 결혼할 신랑을 친구들에게 소개해 주겠다고 했다.

역시 고향 친구들은 몇 년 만에 얼굴을 봐도 엊그제 본 것처럼 친근하고 우왕좌왕 소란스럽다. 그 와중에 예비신랑을 소개하는 자리에서 친구가 나를 인사시키며 "결혼 3년 차인데 아기는 아직…"이라는 말을 사족처럼 덧붙였다. 그 친구가 있는 그대로 말한 건 사실임에도 기분이 살짝 상해 있는데, 오지랖 넓게도 그 예비신랑이 내게 잔뜩 관심을 보이며 물었다.

"왜 아직 아기가 없어요? 혹시 딩크족인가요? 아니면 둘이서 실컷 즐긴 후에 가질 계획인가요?"

끊임없이 쏟아지는 질문에 드는 생각이 지금 이 자리가 어떤 자리인가 싶었다. 그가 친근해지고 싶은 마음에 보인 과도한 반응일지 몰라도 제대로 주제 파악이 안 된 대단히 실례되는 행동이었다. 술을 많이 마셔서 상황판단을 하지 못할 정도였다면 모르겠지만 만취 상태도 아니었는데 기분이 상했다. 당장 자리를 박차고 집으로 돌아가고 싶었다.

내가 얼굴에 불편한 속내를 드러내 보이는데도 알아채지 못하는 걸 보니 눈치가 없는 것인지, 그게 아니라면 궁금한 걸 못 참고 내뱉는 유형임이 분명했다. 더구나 그들은 자신들이 결혼을 서두르게 된 사연을 빨리 말하고 싶어 안달 났다.

"우리는 의도치 않은 속도위반으로 부득이하게 결혼을 서두르게 됐어."

준비되지 않은 임신이 황당하다며 들뜬 마음을 드러내 보이며 너스레를 떨었다. 내 귀에는 마치 자신들의 '속도위반'을 자랑하는 것처럼 들렸다. 내가 결혼한 지 수년이 지나도 임신이 되지 않아 속 끓이는 걸 알면서도 배려하지 않는 친구의 태도에 많이 서운했다.

다른 한편으로는 혼전임신으로 무작정 서두르는 친구의 결혼이 그저 부럽기만 했다. 하필이면 그날이 임신 실패라는 소식을 들은 날이었다. 병원에서 배란 유도제를 먹고 난포 크기를 계산해서 정해준 합방 날에 관계를 맺고 임신을 기다렸었지만, 또 실패한 날이었다. 그래서 평소 다니던 산부인과에서 난임 병원으로 옮기려고 이곳저곳 알아보고 있었다.

당시에는 내 사정을 친구들에게 말하고 싶지 않아 연락을 조금씩 피했었는데, 말하지 않은 내 잘못이기도 했다. 좋은 말도 여러 번 들으면 듣기 싫게 마련인데 뭐 좋은 일이라고 때마다 구구절절 사정을 얘기한다는 자체가 시간 낭비라 생각했다. 좋은 소식이 생길 때까지 뜸하게 연락하면서 의도적으로 차츰차츰 거리를 두었다.

그런데 인생은 새옹지마塞翁之馬라 하지 않는가. 살면서 보니 빛이 있으면 그늘이 있는 게 당연한 삶의 이치였다. 하루가 10년처럼 느껴지고 1분이 1시간처럼 느리게 흐르던 어느 날, 그 친구에게서 전화가 걸려왔다. 몇 마디만 들어도 친구의 목소리가 심상치 않음을 알 수 있었다. 무슨 일 있냐고 물었지만, 처음에는 그저 안부를 묻는 전화를 걸었다며 주저하더니 느닷없이 "선미야, 나는 네가 가장 부럽다"라며 넋두리처럼 늘어놓았다.

지금 하루하루가 지옥 같은 내게 오랜만에 전화를 걸어서 한다는 말이 나를 부러워한다니 어디가 잘못되어도 한참 잘못되었음을 직감했다. 울먹임을 애써 참느라 어깨를 들썩이는 듯한 느낌이 전해져왔다. "무슨 일 있어?"라고 물었지만, 대답 없이 적막만 흐르기에 전화를 끊지도 못하고 난감했다.

그 순간 "남편이 바람이 난 것 같은데 어떻게 해야 할지 막막하네"라는 친구의 흐느낌이 들려왔다. 그 친구는 딸 둘을 키우는 전업주부였다. 가장 먼저 연애를 시작해서 혼전 임신으로 결혼식장에서 만삭이라 맞절을 못 하는 잊지 못할 에피소드를 남겨 준 친구였다.

그날 친구는 남편에게 배신감이 들어 이혼하고 싶지만, 아이가 걸려서 그냥 이해하고 살아야 하는지 내게 고민을 털어놓았다. 그러면서 느닷없이 너는 얼마나 다행이냐고 그랬다. 결혼했어도 아기가 없으니 이혼하기도 쉬울 게 아니냐는 그 말이 내 가슴에 꽂혔다. 나의 속앓이하는 상황을 알고 있을 법한 친구가 하는 말인가 의심스러웠다. 자신의 남편 외도가 아니라 멀쩡히 사는 우리 부부는 아이가 없어서 이혼이 손쉬워 보인다는 친구의 말을 곱씹을수록 나란 존재가 허무했다.

이렇듯 친구들에게 의도치 않게 상처받으면서 내 처지를 탓하며 자꾸 삐뚤어져 가거나 민감해졌다. 여자의 적은 여자라고 모임에서 계속 아웃사이더를 자처하면서 스스로 집 밖을 못 나가는 외톨이가 되어갔다. 나의 존재는 서서히 묻히고 있었다. 그럴수록 임신을 향한 내 간절함은 더 절실해졌고, 온라인 세상의 커뮤니티인 난임 카페를 의지하며 임신하기 위한 몸을 만들기 위해 운동을 시작했다.

난임 부부
탈출법

아~ 또 한 줄이 나왔다. 한두 번 있는 일도 아니라 이젠 놀랍지도 않은데 주르륵 눈물이 뺨 위로 흘러내렸다. 다시는 울지 않겠다고 다짐하고 진행한 시술인데 또 주책없이 눈물이 흐른다. 그렇게 많이 울어도 왜 눈물은 마르지 않는지, 그와 달리 임신하고 싶은 간절한 마음은 더 강해지는지 알 수 없었다.

임신 테스트기의 한 줄을 확인하고 의기소침한 나를 보며 남편은 분위기 좋은 곳으로 여행을 가자고 했다. 매번 실패할 때마다 나의 히스테리는 남편이 감당해야 할 몫이었다. 결혼하자마자 시작한 사업으로 앞만 보고 달려왔던 남편은 휴가도 없이 일만 했다. 결혼하고서 나보다 일을 더 좋아한다며 투덜댄 적도 여러 번이었다. 남편의 어깨에 짊어진 가장의 무게를 짐작할 수 없었던 나는 매번 어리광만 부렸다.

계절이 바뀔 때마다 놀러 가자고 보챘지만, 시간이나 경제적 여유가 없어 편하게 휴가 한번을 다녀오지 못했다. 그러다가 조금 여유가 생기면서 남편이 가자고 할 때는 배란기가 아니라서 다음에 가자고 미뤘고, 내가 가자고 할 때는 남편의 일이 바빠져서 가기 어려워지는 등 뭔가 계속 엇갈렸다. 계절마다 바뀌어 피어나는 꽃이나 가을 단풍이 전혀 아름답지 않았다.

차를 타고 가면서 남편은 앞으로 여행도 실컷 다니며 행복하게 살자고 말했다. 우리 둘만 살아도 자신은 괜찮다며 따뜻한 말로 위로했지만, 그 말이 전혀 가슴에 울림을 주지 않았다. 기분 좋게 출발했어도 쓸데없는 내 자존심 때문에 망치기 일쑤였다. 내 관심사라곤 단 하나 임신뿐이었으니 여행이 낯설기만 했다.

여행지에 도착해서도 꼭 단란한 가족들이 먼저 눈에 들어왔다. 특히 어린 아기나 임산부를 보면 기분이 급속도로 울컥해졌다. 휴가지에 와서도 내가 마음을 내려놓지 못하고 혼자 힘들어하며 감정 기복이 심한 부분을 남편은 지적했고, 결국 부부싸움으로 이어졌다. 남편은 이런 일이 한두 번이 아니라며 더 열을 올렸다.

제발 애는 우리가 대를 이어야 하는 장남도 아니니까 당신은 이제는 부담 갖지 말고 내려놓으라고 나를 설득했다. 그게 남편의 진심일지는 모르지만, 나는 실패가 거듭될수록 오히려 오기가 생겨나 어떻게 해서든지 아이를 낳고야 말겠다고 다짐했다.

둘 다 건강만큼은 자신했던 우리 부부였지만 결국 난임 판정을 받았다. 의도치 않게 난임 부부가 되어 살아가는 세상은 온통 삐뚤빼뚤하게 꼬여 있을 뿐 결코 아름다워 보이지 않았다. 행복한 가정을 이루고 싶다는 소박한 희망을 송두리째 빼앗긴 느낌인데 어디 하소연할 곳이 없었다. 오로지 임신 안 되는 내 몸뚱이를 원망할 수밖에!

세상에서 나와 남편만 외딴섬에 유배된 느낌이었다. 아이 없이 사는 결혼생활은 전혀 생각해보지 않았기 때문에 더 막막했다. 하염없이 아이를 기다릴 수도 없었고, 아이를 낳을 수 있게 도와준다는 사람은 더더욱 없었다. 작은 소도시라 참 정이 넘치는 동네였지만 사람들의 궁금증을 외면하고 살 수는 없었다. 만나는 사람들로부터 "왜 아기를 안 낳느냐"는 질문을 수도 없이 들어야 했고, 그들이 손가락질하는 것처럼 은근히 뒷덜미가 근질거렸다.

엘리베이터를 혼자서 타는 게 편했고, 어쩌다가 아이 손을 잡고 타는 엄마를 보거나, 유모차를 끌고 타는 엄마들을 부러움 섞인 시선으로 바라보며 마음속으로 '나도 엄마가 되고 싶다'는 말을 되뇌곤 했다. 가끔은 내 눈길이 부러움과 질투심이 뒤섞여 불안하게 보이는지 엄마들은 불편한 기색을 숨기지 않았다. 나는 귀여워서 쳐다봤지만, 더러는 경계하는 마음이 드는지 아이를 품 안으로 숨기는 행동을 보이기까지 했다.

세상에서 나만 아이를 갖지 못하는 것처럼 서럽고 외로웠다. 상대의 사소한 행동에도 의미를 부여하고 해석하면서 점점 우울감이 심해졌다. "우리 아이는 허니문 베이비예요"라고 말하는 신혼부부가 세상에서 가장 부러웠다. 한없이 초라해진 나를 발견하면서도 겉으로는 아닌 척해야 했다. 누구보다 뜨겁게 사랑해서 결혼에 골인했고, 남에게 피해 주지 않고 그저 평범하게 살아왔는데 지금의 상황이 받아들여지지 않았다. 왜 나한테만 이런 고통을 주는지 이해할 수 없었다.

건강한 남녀가 한 번도 임신이 안 되었다는 말 자체가 우리 부부의 몸은 정상이 아니고 문제가 있거나 허약하다는 것을 증명하는 것 같아 더 쉬쉬하며 숨기려 했다. 생각해보니 어머님이 다니던 절에서 결혼식 날짜를 받아왔는데 하필이면 생리일이 겹쳐 고민 끝에 병원에서 피임약을 처방받아서 먹었던 게 떠올랐다. 신혼여행 중에 스킨스쿠버가 포함되어 있어서였다. 그렇게 딱 한 번 먹은 피임약으로 인해 내 몸에 이상이 생겨서 임신이 안 되나 싶어 노심초사했다.

흔히 산부인과에 가면 진료에서 빠지지 않고 물어보는 질문이 "피임약을 먹어본 적 있나요?"였다. 정기적으로 피임약을 먹었다면 호르몬 불균형으로 인한 내성이 생겨 문제가 있을 수 있지만 한 번 먹어서는 거의 문제가 되지 않는다는 의사의 말에 나름 안도했다. 그렇다면 어떻게 규칙적으로 배란일에 맞춰 부부관계를 해도 임신 테스트기는 매번 한 줄을 보여주는지 야속하기만 했다. 임신 테스트기가 불량이 아니고서야 어떻게 그럴 수 있는지 배신감이 들 정도였다.

　해를 거듭할수록 자신감은 점점 사라지고, 내 몸은 '아기를 품을 수 없는 몸인가?'라는 의문이 가시지 않았다. 다른 사람들한테는 쉬운 일이 우리에게는 왜 이토록 어려울까? 한 치 앞을 알 수 없기에 더 불안하고 허송세월만 하는 것 같아 더 위축되었다. 그럴수록 아기를 포기할 수 없다는 생각이 절실해지고 어떤 방법이든지 해보겠다는 마음의 결심은 단단해져 갔다.

인공수정은
외로운 길

손바닥도 마주쳐야 소리가 나듯 인공수정도 부부가 합심이 되었을 때 시너지가 나는 일이다. 부부가 일부러 시간을 내서 함께 병원에 가야 한다는 것은 그만큼의 갖은 노력과 수고가 필요하기 때문이다. 나와 달리, 당시 남편은 아기는 하늘에서 내려주는 선물이라 생각하며 조바심내는 나를 이해하지 못했다. 병원에 다니며 시술까지 하면서 꼭 아기를 가져야 하냐고 못마땅해했다. 병원에 다니면서라도 아기를 갖고 싶은 내 절박한 마음을 이해하지 못하는 남편이 야속했다.

나는 모성애가 발동한 건지 어떤 방법으로든 빨리 아기를 갖고 싶다고 남편에게 말했다. 병원에 가면 아기를 가질 수 있다고 자신에 차서 말했다. 사업을 하는 남편은 직업 특성상 365일 중의 360일을 출장과 회식으로 보낼 만큼 정신없이 바빴다. 지금 돌이켜보니 그때는 회사가 무섭게 바쁘게 돌아가고 있었다. 나의 고민은 임신이었지만, 남편의 고민은 사업을 확장하는 일이 우선이었다. 마치 '아이가 우선이냐, 돈이 우선이냐?' 하는 양 갈래에서 선택을 고민하는 형국이었다. 당시 남편에게 있어 선택은 돈이 우선이고 아이가 나중이었다.

나는 한 집안에 시집와서 해야 할 도리를 못 하는 죄인 같다고 솔직히 고백했지만, 남편은 형이 있는데 왜 우리가 대를 이어야 하냐며 큰소리쳤다. 손주를 은근히 재촉하는 어머님 얘기를 꺼내자, 내게 불같이 화를 냈다. 우리가 결혼하겠다고 했을 때 어머님은 형이 먼저라며 결혼을 반대했던 게 떠올랐다. 마지막까지도, 아이는 피임하면서 순서를 기다리라고 압박했었다.

하지만 지금은 결혼한 마당에 아기를 왜 안 가지냐고 나를 들볶기 시작했다. 안 낳는 게 아니고 못 낳고 있는 속내는 알지 못하시고, 알려고도 하지 않았다. 그저 자판기 버튼을 누르면 물건 나오듯 애 낳기가 얼마나 쉬운 일인데 너는 어찌하여 임신이 안 되냐면서 이해하지 못하셨다.

아무리 아들이라지만 도가 지나치게도 어머님이 우리 부부의 은밀한 부부관계까지 꼬치꼬치 물어오는 게 정말 수치스러웠지만 나는 죄인처럼 참고 있어야 했다. 게다가 이런 자세한 얘기까지 시시콜콜 남편에게 말하면 폭발할 것 같아 오히려 쉬쉬하며 눈치를 살펴야만 했다. 중간에서 이러지도 저러지도 못하는 상황이 계속되면서 진짜 내가 아이를 갖고 싶은 건지 회의가 들었다. 내가 아이를 낳는 것이 며느리로서 도리를 다하기 위함 때문인지, 아니면 애도 못 낳는 며느리라는 말을 듣기 싫어서인지 헷갈렸다. 어머님이 같은 여자임에도 내 처지를 이해해 주지 않아 한없이 야속했다.

사실 그동안 해오던 한방치료와 자연치료, 그리고 종교에 기대어왔던 미련을 진작 버리고 현대 의학으로 임신이 되게 애써야 했었다. 내가 병원에 다니기 시작하면서부터는 최대한 어머님과 거리를 두려고 신경을 썼다. 한 입으로 두말하는 어머님을 며느리로서 감당할 수 없었기 때문이기도 하지만, 병원에서 호르몬 주사를 맞거나 처방받은 호르몬 약을 먹고 자칫 본심이 아닌 말이 나와 다툼으로 이어질 수도 있다는 우려 때문이었다. 감정을 조절하기가 어느 때보다 힘든 시기였다.

병원에서 임신이 안 되는 부부에게 처음 해주는 처치가 배란일을 잡아주는 것이었고, 그 다음이 인공수정이었다. 그래도 임신이 안 되면 마지막 단계인 시험관 아기 시술로 넘어갔다. 우리 부부는 배란일을 잡아주는 방법으로 여러 차례 임신을 시도했으나 매번 실패하면서 난임 병원을 찾아갔다.

난임 병원은 이전에 우리가 다닌 병원과는 달리 나팔관 조영술과 정액검사가 필수였다. 나팔관 조영술은 나팔관이 막혔는지 조영제를 질경을 통해 자궁으로 주입하면서 양쪽 나팔관으로 막

힘없이 배출되는 과정을 엑스레이 촬영하는데 난임 여성들에게는 공포의 검사로 알려져 있었다.

막상 내가 그 검사를 받아야 한다니 가슴이 철렁 내려앉았다. 검사 당일에 긴장을 많이 해서 그런지 의사는 수시로 "힘 빼세요"라는 말을 반복했지만 나는 힘을 어떻게 빼야 하는지 몰랐다. 검사시간이 길어야 20분이라고 들었는데 나에게는 시간이 멈춘 듯이 더디게 흘렀다. 숨이 막힐 정도의 통증이 느껴졌다가 허리인지 배인지 하반신이 마비되는 것처럼 '악' 소리가 절로 나왔지만 입을 꾹 다물고 참아야 했다. 시술이 끝나고 나서도 아랫배에 돌덩이를 넣고 안 뺀 것처럼 묵직하고 뻐근했다. 그래도 아기를 갖기 위한 필수 과정이라면 어떤 검사라도 받아들일 태세였다.

검사결과 다행히 나팔관에는 이상이 없어서 의사는 인공수정을 먼저 시작해보자고 했다. 나는 생리 시작 2~3일 후에 병원에 가서 과배란 약을 먹기 시작했고, 자궁 초음파로 난포가 잘 자라고 있는지 확인하고 난포 터지는 시간까지 예상해서 인공수정 날을 잡았다. 난임을 겪는 부부 중에 남편들이 가장 싫어하는 게 바로 야동을 보면서 자위행위로 정액을 채취하는 일이다. 그렇게 채취한 정액을 특수 처리한 다음 인공수정 당일에 난포 터지는 시간을 예상해서 자연임신처럼 자궁 안으로 주입했다.

인공수정은 채취한 정액을 주입할 때 긴장되기도 하지만 준비시간에 비하면 시술은 금방 끝났다. 그리고 시술 후 30분간 회복실에 누워 안정을 취한 다음 귀가해서 피검사 날을 기다리면 되었다. 처방받아온 질정을 시간에 맞춰서 계속 넣어줘야 하는 부담은 있지만, 자연임신과 비슷하게 배란 시기를 맞추니 아무런 고통이 없어서 좋았다.

나는 집으로 돌아와서 자궁에 수정란이 착상되지 않고 흘러내릴까 봐 의학적으로 증명되지도 않은 물구나무서기를 하고 있었다. 자궁에 주입한 정자가 난자를 만나 조금이라도 잘 수정되어 착상되기를 바라는 마음에서였다. 최대한 몸을 세워 걷는 것도 피하고, 거의 임신 막달의 산모처럼 누워있었다. 사실 병원에서는 일상생활을 해도 전혀 상관없다고 했지만, 시키지도 않은 일을 나만 하는 게 아니었다. 얼마나 간절했으면 그랬을까.

이런 속설들의 진원지는 대부분 난임 카페였다. 그곳에서는 몸에 나타나는 조금이라도 특이한 증상을 궁금해하면 반은 의사처럼 누군가 말해줬다. 난임이 오래된 부부는 의사보다 더 전문 지식을 갖게 된다는 말을 실감했다. 얼마나 신뢰할 수 있는 정보인지는 알 수 없지만, 병원이 문 닫는 야간이나 주말이라 병원에 못 갈 때는 의지할 수밖에 없었다.

이때까지만 해도 나는 임신이 되는 과정은 정자와 난자가 만나 수정되어 자궁벽에 착상이 되면 임신이 된다고 알고 있었다. 모든 난자와 정자는 만나기만 하면 수정이 되고, 그러면 무조건 임신이 된다고 생각했다. 하지만 난자가 정자를 거부하기도 하고,

정자가 약해서 난자가 있는 곳까지 도달하지 못하는 경우도 종종 있다는 말을 처음 들었다. 난임 카페는 당시 임신에 대한 지식과 정보가 턱없이 부족했던 내가 궁금증을 쉽게 해소할 수 있는 거의 유일한 창구였다.

인공수정 후 아랫배의 통증은 임신에 대한 기대감을 안겨주었다. 하지만 부푼 기대와는 달리 2주 후의 피검사는 한 줄로 나타나 금방 실망감을 안겨주었다. 인공수정도 여러 가지 방법으로 시도했건만 나와 맞지 않았는지 계속 실패했다. 몸과 마음이 지쳐가면서 인공수정을 계속해야 하는지 망설여졌다.

의사는 첫술에 배부를 수 없다며 다시 시도해보자고 했지만, 시간이 흐른 만큼 이제 조금이라도 성공확률이 높은 시험관 아기 시술을 시도하는 게 낫겠다는 생각이 들었다. 나이가 들수록 불리한 게 시험관 아기 시술이라 우리는 하루라도 빨리 시작해서 건강한 난자와 건강한 정자일 때 성공하고 싶었다.

물구나무서기라는
유령

어려서부터 타고나길 유연성이라고는 눈곱
만큼도 없는 뻣뻣한 몸이었다. 심지어 체육을 싫어해서 학교 다닐
때도 물구나무서기를 한 기억이 없었다. 무용과 전공자도 아니고
운동을 좋아하지도 않던 내가 임신을 위해 밤마다 물구나무서기
를 하게 될 줄은 정말 몰랐다. TV 방송에 허리통증으로 불편한 몸
에 거꾸로 매달리는 운동기구가 좋다고 나오면서 헬스장에서 거
꾸로 매달려 있는 사람을 본 적은 있었다.

물구나무서기가 임신에 효과가 있다는 말을 내가 처음 접
한 것은 난임 카페에서였다. 카페의 임신 질문 방에서, 인공수정
을 하거나 부부관계를 가진 후에 물구나무서기를 하면 임신이 잘
된다는 글을 읽었으니 효과가 있다고 믿을 수밖에 없었다. 정보를
접하자마자 간절한 마음에 그날 저녁부터 물구나무서기를 시작했

다. 돈이 들지도 않고 남편에게 도움을 요청하지 않아도 되니 오히려 편했다. 임신만 된다면야 물구나무서기뿐만 아니라 또 다른 비법을 몽땅 해볼 심산이었다.

여러 해 난임으로 고생하다 보니 주변에는 선심 쓰듯 아기 생기는 비법을 자랑하는 사람들이 많았다. 당사자인 우리보다 오히려 더 듣기 거북한 잠자리 방법을 농을 섞어 자랑하듯이 전하는가 하면, 임신에 좋다는 것을 준비해서 시도 때도 없이 부르는 선배도 있었고, 사슴뿔의 피, 산딸기, 전복의 내장이 좋다며 보내주는 지인도 있었다. 여자인 나보다 남편은 사회생활이 많은 편이니 입에 담기 심한 말도 들어야만 했다. 저마다 다양한 아기 낳기 비법들을 얘기해줘서 혼란스럽기도 하고, 때로는 듣고 있는 그 자체가 스트레스였다.

주변에서 임신이 잘 되는 비법이라며 으스대면서 했던 말들이 더 상처가 됐다. 그 가운데는 부부관계 횟수를 더 많이 하면 임신이 잘 될 거라며 시도 때도 없이 해보라는 조언은 신빙성도 없을뿐더러 병원에서 오히려 잦은 잠자리를 갖는 게 더 몸에는 안 좋다며 민망한 얘기를 들어야 했다. 의사는 금실 좋은 부부가 아기가 없다는 말도 모르냐며 핀잔을 주었다.

난임 부부가 산부인과 병원을 찾으면 첫 번째로 의사가 권하는 것이 인공수정이다. 나 역시도 인공수정을 시작하면서 물구나무서기가 떠올라 엉덩이를 치켜들고 있는 시간을 길게 가졌다. 간절한 마음으로 엉덩이를 하늘 높이 치켜든 모습이 우스꽝스러웠다. 몇 분 지나지 않아 코를 골면서 자는 남편을 뒤로하고 나는 밤마다 무용과 연습생으로 변신해 물구나무서기를 했다. 결과적으로는 그렇게 물구나무서기를 했어도 임신이 되지는 않고 머리와 목의 통증만 심해졌다. 당시는 그런 통증쯤은 아무렇지도 않았고, 임신에 대한 기대 때문에 포기할 수 없었다.

지푸라기라도 잡는 심정으로 온갖 방법을 시도하며 내 몸을 만신창이로 만들었다. 부부관계는 점점 사랑이 사라지고 임신을 위한 과정처럼 의무감으로 대했다. 우리가 결국 아기를 낳기 위해서 결혼했나 싶을 정도로 회의감만 깊어갔다. 그럼에도 나는 부부관계 후에는 당연히 그래야 한다는 듯 물구나무서기로 끝을 마무리했다. 허리와 엉덩이를 벽에 붙이고 발끝은 천장으로 쭉 뻗은 자세를 유지했는데, 때로는 그대로 벽에 기대어 잠들 때도 있었다.

남편은 임신에 대한 기대로 집요하게 물구나무서기를 시도하는 나를 보며 여전히 그것의 효과를 믿지 않았고, 다만 그런 내가 안쓰러워 보였는지 그걸 왜 하느냐고 더는 묻지 않았다. 점점 부부간의 대화는 짧아져 갔고, 서로 비위를 건드리는 말은 최대한 조절하며 참았다. 연애할 때 느꼈던 애틋한 감정은 사라지고 법적 의무를 다하는 부부로 변해가고 있었다. 그리고 배란일이 지나면 몸의 사소한 증상 변화에 민감해졌고, 미세한 복부 통증이라도 느껴지면 설마 하며 의미심장한 마음으로 기대했다.

인공수정을 하지 않을 때도 부부관계를 가지면 물구나무서기를 계속했다. 혹시나 하는 마음이지만 자연 임신에 대한 기대를 내려놓지 못했다. 부족한 것보다 과한 게 낫다는 신념에다 확률을 높이는 방법으로 더 오래 물구나무서기를 했다. 정신적으로 버티다 앞이나 옆으로 구르기도 하고, 때로는 깜깜한 방안에서 꼼지락 꼼지락 몸을 비틀다 넘어져 "쿵!" 하는 소리가 고요를 깨뜨리기도 했다. 바닥으로 굴러 내동댕이쳐지면서도 고통이 느껴지지 않았다. 도대체 언제까지 할 거냐며 소리치던 남편도 포기했는지 관심을 보이지 않았다.

어느 때부턴가 몸을 거꾸로 매달리는 운동기구를 볼 때마다 가슴 한구석에 고드름이 매달려 있는 것처럼 시리고 아팠다. 남들은 허리통증 완화를 위해 거꾸로 매달린다는데, 나는 임신이 빨리 되고 싶어 물구나무서기를 하고 있으니 누군가는 비웃겠지만 임신이 간절한 나머지 그렇게라도 하지 않을 수 없었다. 난임이 나의 허리통증까지 치료해주고 있다고 생각하니 실소가 흘렀지만, 임신이 된다면야 일거양득 아닌가 싶었다. 언제까지 물구나무서기를 해야 하는지 알 수 없지만 경건한 마음으로 밤마다 빌었다. 그 어떤 것도 할 수 있으니 제발 임신만 되게 해달라고.

포기하는 게
답일까?

　　내가 병원에 가려고 화장대에 앉아 외출준비를 하는데 남편의 목소리가 들렸다.

　"자기야~ 그냥 우리 둘이 살면 안 돼."

　남편은 깨우지도 않았는데 침대에 기대어 졸린 눈을 반만 뜬 채로 말했다.

　"그만 애쓰고 둘이 살자."

　벌써 한두 번 꺼낸 얘기도 아니기에 눈썹을 그리다 말고 고개를 돌려 남편을 바라봤다. 그동안 남편은 아이 없이도 충분히 둘이 행복하게 살 수 있다고 끊임없이 나를 설득했었다. 하지만 나는 절대 그렇게 살 수는 없다고 사정사정 빌며 여기까지 왔다.

　둘이 살면 평생 행복하다는 보장도 없기에 아이를 포기할 수 없었고, 시부모님께서 손꼽아 손주를 기다리는 데 상처를 드릴 수 없다는 생각이었다. 무엇보다 모성이 있는 여성에게 있어 아기를 낳고 싶은 마음은 본능과도 같았다.

그런데 현실은 가혹했으니, 화기애애해야 할 집안이 헛헛하기만 했다. 지금까지 애쓰고 노력한 게 아까워서라도 원하는 것을 포기하고 내려놓을 수 없었다. 어찌 되었건 결혼은 내 선택이었기에 지금의 고난과 불행한 삶을 받아들여야만 했다. 지난 세월을 돌아다보니 기뻤던 날들보다 억울하고 분해서 펑펑 울었던 날이 많았다.

결혼하기 전 서로 다른 방식으로 살다가 치약 짜는 사소한 것부터 맞추며 살아야 하는 게 현실이다 보니 늘 다툼이 이어졌다. 서로 잘난 척했다. 서로 다름을 인정하지 못해 울분에 찬 사자처럼 으르렁거렸고 할퀴었다. 힘들고 지친 건 나만이 아니었다. 갈수록 우리 부부는 눈에 띄게 말수가 줄었고, 서로를 살피고 돌볼 에너지는 어디에도 없었다.

아이를 기다리며 보냈던 시간과 노력이 한 편의 영화처럼 지나갔다. 신념이 있고 의지가 강하면 언젠가는 이룰 수 있다는 희망의 불씨는 점점 희미해지고 멀어져갔다. 그동안 남편과 함께 누렸던 행복한 시간보다 조마조마하며 숨죽여 기다린 시간과 견뎠던 날들만 떠올라 씁쓸했다. 주변의 사소한 말 한마디에 상처받아 엎치락뒤치락 밤을 지새웠던 날들만 또렷하게 남아있었다.

한 지붕 아래 같이 살면서 하나도 즐겁고 행복하지 않았다.

인공수정과 시험관 아기 시술은 나와 상관없는 먼 남의 나라 얘기로만 생각했었다. 우리 부부는 안 생기는 애를 억지로 만들겠다는 생각은 하지 않았다. 현대 의학의 힘까지 동원해서 아기를 낳을 생각은 추호도 없었다. 오죽했으면 인위적으로 병원에서 애를 만들어야 하냐며 방관했었다.

난임으로 오랜 고통의 시간을 흘러보내고서야 내가 몰라도 너무 몰랐다는 것을 알았다. 그 가운데 하나가 병원에서 배란일을 받아서 자연배란 요법을 시도하는 일이었다. 사람마다 배란일이 다르다면서 병원에서 잡아주는 배란일과 시간에 맞춰서 부부관계를 하면 끝이었다. 하지만 그 방법이 우리에게 안 맞았는지 여러 번 실패했고, 마치 준비된 순서인 듯 다음 단계를 말하는 의사의 말에 우리는 그가 최선을 다한다기보다는 다음 선택지를 말하는 것 같아 속상했다. 임신이 안 되는 원인을 알아내지도 못하면서 애꿎은 시간만 낭비하고 있다는 느낌이었다.

벌써 한 병원에서만 같은 과정을 반복하며 보낸 시간이 1년이 넘었다. 한 살 나이를 더 먹으니 조급해져 더 유명한 병원으로 옮기고 싶은 게 사람 마음이었다. 우리는 집에서 조금 먼, 1시간 거리에 있는 다른 난임 병원을 알아보고 주말에 맞춰 예약했다.

그렇게 찾아간 난임 병원 첫 진료에서 산전검사를 기본으로 받고, 나팔관 조영술과 정액검사를 했다. 의사는 검사결과 둘 다 몸에 이상이 없는 데다 전에 다녔던 병원의 진료기록이 있으니 먼저 인공수정을 시도하자고 했다. 인공수정은 자연배란 시기에 남편의 정액을 채취하여 자궁 안으로 특수처리한 정자를 주입하는 방법이다. 과배란 유도를 하지 않고, 난포 터지는 시기에 남편과 함께 병원을 방문하면 되었다.

인공수정할 때 남편들이 가장 싫어하는 일은 정액채취였다. 벌써 남편은 정자 검사를 받은 경험이 있어서 그런지 바쁘다는 핑계를 대면서 인공수정을 몇 차례나 미뤘었다. 하지만 병원에서는 직접 방문하기 어려운 남편들을 위해서 자연 배란기에 맞춰서 병원에서 제공하는 용기를 받아 가서 집에서 정액을 받아 1시간 내로 병원에 제출하면 인공수정을 하는데 아무런 문제가 없다고 했다. 그렇지만 남편은 미심쩍었는지 직접 방문을 택했다. 인공수정 날짜가 다가오면서 남편도 긴장되는지 은근히 날짜를 계속 확인했다. 왜냐면 시술 전에 정자의 질을 높여주기 위해서 과도한 음주나 사우나를 피하고 3~4일 전부터 금욕해야 했기 때문이었다.

첫 인공수정을 실패한 후 두 번째 인공수정을 시도할 때는 자연 배란 유도보다는 임신율이 높은 과배란 유도 요법으로 난포가 커지는 주사제와 약을 먹으면서 키웠다. 그런데 인공수정을 하는 날에 남편이 회사 회식이 잡혀 병원에 못 갔던 날이 있었다. 병원에서는 난포 터지는 주사를 맞은 마당에 왜 인공수정하러 남편분과 내원하지 않냐고 전화가 빗발쳤다. 나는 속상한 마음에 '왜 떳떳하게 사람들에게 병원에 가야 한다고 말하지 못했느냐?'라고 물었지만, 묵묵부답이었다. 어쩌면 남편도 밖에서는 드러내고 싶지 않았는지 모른다. 그런지도 모르고 나만 임신을 잔뜩 기대했는데 시도해 보지도 못하고 물거품이 되자, 한 달을 또다시 기다려야 했다. 나 혼자서 생리 2일 차부터 과배란 주사와 약을 먹으면서 노력했는데 헛고생이었다고 생각하니 나만 다급해 보였다. 본인은 어쩔 수 없었다고 백번 사과했지만, 그 후로 더 예민해진 나는 수시로 남편을 들들 볶았다.

그런데 우리 남편만 속을 썩이고 서운하게 하는 줄 알았는데 난임 병원에서 만난 다른 남편들의 모습에도 불편한 기색이 역력했다. 모두 도살장에 끌려온 가축들처럼 마지못해 와있는 모습으로 보여 어딘지 모르게 짠했다. 아기를 여자 혼자 낳는 게 아닌데 왜 저렇게 남편들이 비협조적인지 답답하고 속상한 마음이 들었다. 아이를 갖겠다는 일념으로 자존심 따위는 던져버리고 차가운 수술대 위에 누워 의사들에게 몸을 맡기는 아내들의 간절함을 남편들이 모르는 게 아닐 텐데 말이다.

부부가 합심해서 노력해도 어려운 임신을 혼자서 날뛴다고 될 일도 아니었기에 점점 지쳐가도 내색조차 할 수 없었다. 그 무렵 남편이 "난 너만 있으면 돼"라며 "아기는 필요 없어"라는 말로 또다시 포기를 종용했다. 그동안 아기를 낳지 못하면 남편에게 버림받을지도 모른다는 속내를 꽁꽁 감추고 있었는데, 남편의 진심인 양 느껴지며 마음이 안정되는 느낌이다. 설사 내가 안정을 찾기를 바라며 한 빈말이었더라도 그 말을 들을 수 있어 다행이었다. 아마도 내 몸과 마음이 많이 지쳤었나 보다.

그렇게 한번 마음이 허물어지니 그동안 애지중지 챙기던 임신과 관련된 것들이 꼴도 보기 싫었다. 임신 잘 되는 비법인 양 몸을 만들기 위해 먹었던 엽산제와 비타민 영양제와 배란 테스트기를 버렸다. 임신에 도움이 된다 해서 문화센터에서 배워와 잘 활용하던 수지침은 물론 쑥뜸 세트도 버렸다. 즉흥적인 마음으로 분풀이하듯이 몽땅 쓰레기통에 버렸다.

남편은 그런 내 행동을 못내 안타까워했다. 위태롭게 외나무다리에 서 있는 내가 그것마저 못 하게 말리면 죽어버릴까 봐 맘껏 분풀이하게 내버려 뒀다고 한다. 그러면서 아이를 키우고 싶다면 차라리 입양하는 방법도 한번 생각해보자며 일단 쉬기로 했다. 병원에 가는 것보다 마음을 쉬는 일이 그때 가장 시급한 일이었다.

임신의 적은
스트레스

친한 후배가 2차 인공수정에 실패했다는 통화를 마치고 나서, 밥을 사달라며 나를 찾아왔다. 막상 밥 먹으러 식당에 들어가서는 자리에 앉기도 전에 후배는 술부터 주문했다. 나는 이럴수록 몸을 챙겨야 한다고 고리타분하게 말했지만, 후배의 심정을 충분히 이해할 수 있었다.

흐느낌으로 자신의 처지를 비관하던 후배는 술기운을 빌어 겉과 속이 다른 자신이 가증스럽다고 말했다. 별 기대 없이 인공수정을 시작했는데 막상 실패라는 말을 들으니 '불합격입니다'라는 말처럼 인생에 낙오자가 된 것 같았다고 했다.

지금 후배의 심정은 부모가 속을 썩이는 자식을 포기했다고 마음에도 없는 말을 내뱉는 것과 마찬가지라는 생각이 들었다. 임신하고 싶은 욕망을 내려놓는다는 말은 새빨간 거짓말이다. 사실

나도 임신을 위한 시술을 할 때마다 기대하지 않는다는 말을 수없이 많이 했는데, 순전히 거짓말이었다.

한때 아이가 안 생기는 이유를 혼자 곰곰이 생각해 봤더니 직장을 다니면서 받는 스트레스 때문이라는 결론이 나왔다. 회사를 그만두면 기다리던 아기가 금방 찾아올 거라고 믿었다. 그런데 퇴사하고 업무에서 벗어나니 당연히 직장 스트레스는 사라졌지만, 한두 달이 흘러도 임신할 기미가 없자 조바심이 생겨나기 시작했다. 왜 임신이 안 되는지 신경을 곤두세웠다. 원인을 알 수 없지만 잘못된 습관, 운동 부족, 먹는 음식에 문제가 있지 않나 싶어 매일 산책하고 운동하면서 식단을 기록했다. 시간적 여유가 생겨 책을 찾아 읽으면서 임신 육아 맘 카페에도 가입했다.

맘 카페 활동을 하면서 알게 된 사실은 나만 이렇게 임신이 어려운 게 아니라는 것이다. 나이를 불문하고 임신을 준비하면서 어려움을 겪는 엄마들이 셀 수 없이 많았다. 게다가 익명으로 활동하면 되는 곳이라 공간 자체가 위안이 됐다. 임신증상과 임신에 좋은 음식이 공유되면서 친분을 쌓았다. 이때 아기를 갖기 전 부부가 산전검사를 한다는 사실을 알았다. 나는 당장 산부인과에 검사를 예약했지만, 남편은 자신의 건강을 자부했다. 회사 일하기도 바쁜데 검사받으러 갈 시간이 어디 있냐고 차일피일 미루는 것이 아예 검사를 받을 생각이 없어 보였다.

난임 검사에서 빠지지 않는 필수 검사인 나팔관 조영술을 할 때는 미리 겁먹었다. 카페에서 얻은 정보로 얼마나 아픈지 통증을 알고 갔던 터라 잠깐 검사하는 시간이 몇 시간은 되는 듯 길게 느껴졌다. 나팔관이 막혔을 경우 출산의 고통처럼 아프다고 하는데, 출산을 안 해봤기에 통증을 가늠할 수는 없고 다만 뱃속이 찢어질 듯한 아픔이 생리통보다 수십 배의 통증이라고 한다. 나는 검사받고 나서도 며칠 동안 아랫배가 묵직했다.

남편은 차일피일 미루던 정자 검사를 받은 후 '정상'이라는 결과가 나오자 내 고통 따위는 신경 쓰지도 않고 안심하는 눈치였다. 남편마저도 임신이 안 되는 게 내 탓처럼 은근슬쩍 넘기는 듯했다. 야속했지만 나의 노력을 알아주지 않아 그것도 스트레스가 되었다.

어머님은 여러 차례 태몽을 꾸셨던 터라 내 몸의 임신증상에 누구보다 귀 기울이고 세심히 관찰하셨다. 내가 속이 조금이라도 안 좋아한다거나 안 먹던 음식을 맛있게 먹는 걸 보기만 해도 은근 기대하는 눈치이셨다. 심지어 생리 날짜가 언제인지 꼬치꼬치 캐물으시고는 하루 이틀 숨죽여 기다리셨다. 나 또한 누구보다 먼저 몸에 변화가 감지되면 맘 카페에 들어가 임신증상에 대해 빠르게 검색했다. 그러다가 이삼일 뒤에 생리가 터지면 울음이 쏟아지는데, 며칠간 임신을 상상했기 때문이었다.

나의 감당하지 못하는 눈물과 분노 때문에 한 달에 한 번, 꼭 생리가 시작하는 날에 남편과 싸웠다. 생리의 시작은 곧 임신 실패를 증명하는 것이니 언제나 눈물 바람이었기에 위로해 준답시고 외식을 데리고 나갔다. 남편은 우울한 내 마음을 다독여주다가도 느닷없이 "이제는 그만 지칠 만도 한데 너는 지치지도 않냐"라며 나무라는 투로 말하는 바람에 본전도 못 찾았다. 결국, 참지 못해 버럭 화를 내는 바람에 외식하다 부부싸움으로 번졌다. 늘 싸움의 불쏘시개는 임신이었다. 서로 감정의 골이 깊어질 대로 깊어지면서 남편은 도대체 장단을 맞출 수 없다면서 분통을 터뜨렸다.

내가 회사를 그만두고 처음에는 남편을 출근시킨 후 혼자 있는 시간을 어떻게 보내야 할 줄 몰랐다. 혼자 있는 게 익숙하지 않아 심심하고 따분한데, 친구를 떠올려 봐도 이 시간에 한가롭게 만나줄 친구가 없었다. 아기엄마들은 자연스럽게 친구가 된다는데 아기가 없으니 집 앞 놀이터에 나가 앉아있을 일도 없었다. 그저 오가며 놀이터에 모여 있는 엄마 집단을 질투의 시선으로 바라보면서도 마음으론 나도 빨리 아이랑 함께 엄마 집단에 끼고 싶었다.

빈집에 우두커니 혼자 있자니 궁상맞아 보이는 데다 부정적인 생각들만 주렁주렁 달려 나와서 집 밖으로 뛰쳐나왔다. 그때 나를 향해 손짓하듯이 움직이는 헬스장 입간판이 눈에 들어왔다. 운동의 중요성이 떠올라 헬스장에 들러 에어로빅을 등록했다. 맨 뒤에서 손짓과 몸짓을 따라 했지만, 팔다리만 흔들어도 스트레스가 풀렸다. 아무도 내게 관심 없으니 오히려 편하게 다녔다. 바닥까지 떨어져 뒹굴던 마음이 조금씩 의욕을 찾기 시작했다. 몸치,

음치, 박치라 해도 에어로빅을 할 때만큼은 백조처럼 가벼웠다.

하염없이 늘어져 있던 내가 오전부터 가야 할 곳이 생기자 집안에 생기가 돌았다. 아이를 빨리 갖겠다는 욕심을 잠시 내려놓고 나를 바쁘게 할수록 몸은 힘들었지만 깊은 잠을 잘 수도 있었다. 친구 하나 없던 내가 에어로빅 회원들과 어울려 맛난 음식을 먹으러 다니며 하루를 보람차게 보냈다. 가만히 앉아있는 것보다 몸을 움직일수록 신체 에너지가 올라갔다.

믿기지 않는
우연

실패하고 또 실패했다. 이제는 감정이 무뎌지고 포기할 만도 한데 왜 자꾸 미련이 남는 걸까? 매달 임신 시도를 하지 않아도 혹시나 하는 미련이 남는다. 병원에 가지 않으면 마음이 편해서 자연임신이 될지도 모른다는 실낱같은 희망을 품었다. 당연히 병원에 다니면서 임신을 기대하지 않는다는 말은 순 거짓말이었다.

아이 없이 둘만 살아도 충분히 행복하게 살 수 있다는 말을 남편이 수시로 했음에도 불구하고 이제야 진심으로 느껴지는 건 기분 탓일까. 믿으려 하지 않았던 건 관념적인 생각이다. 사실 아이를 안 낳으려고 한 게 아니라 안 생겨서 못 낳았던 거라고 변명할 수 있었다. 몇 년 동안 임신증상 놀이를 해왔던 터라 내가 과연 포기할 수 있을까 싶겠지만 곧 수긍했다.

아이를 가지려고 종일 컴퓨터에 매달리며 어떻게 하면 임신이 잘 되는지, 뭘 먹어야 임신이 잘 되는지, 어떤 병원이 좋은지, 어떤 운동을 하는지, 어떤 영양제를 먹어야 하는지를 임신 육아 맘카페나 산부인과 사이트에서 눈을 떼지 못하고 찾아 메모했던 일들이 추억으로 멀어져 갔다. 이제 어떤 노력도 하지 않으니 허망함과 헛헛한 마음이 몰려왔지만, 그것 또한 시간이 흐르면 괜찮아질 거라며 다독였다.

하지만 둘만 살아도 남보란 듯이 잘 살 수 있다는 자신감은 오래가지 않았다. 딱 일주일은 아무 생각도 하지 않고 여유를 부리며 행복을 만끽했다. 임신을 포기하면서 그동안 끊었던 커피와 치맥은 물론 임신에 안 좋다고 해서 일부러 안 먹었던 찬 음식들을 마음껏 먹으러 다녔다. 그런데 행복해 보이는 겉모습과는 달리 서글픈 마음이 시시때때로 얼굴을 내밀었다. 아무거나 가리지 않고 먹는 사람들은 임신이 잘 되는데, 항상 조심하고 가려먹으며 임신에 최적화된 몸을 만든 나에게만 선물을 안 준다는 서러움이 올라왔다.

그때 가슴 한구석이 그렇게 불편했던 것은 그것 말고는 무엇으로도 채워지지 않는 공허함이 마음을 무겁게 짓눌러왔기 때문이다. 난임으로 고생하다 갑자기 직장을 잡으면서 임신 선물을 받았다는 임신 성공담을 읽으면서는 나도 그러면 좋겠다는 부러움 섞인 마음으로 기대했다. 내가 마음을 편안하게 먹으면 혹시라도 임신이 될지 모른다는 희망마저 버린 것은 아니었다. 다른 일에 집중하면 뜻밖의 행운이 찾아온다는 꿍꿍이를 속으로만 생각했다. 그렇게 아기를 낳고 싶은 간절함이 나의 미련으로 계속 남아 있었다.

그런 불안정한 마음을 간직한 상태에서도 우리는 오랜만에 휴가를 받은 사람처럼 자유로웠지만 오래가지 못했다. 임신도 때가 있는 것이라 가임기가 정해져 있기에 나이 먹어가는 게 불안했다. 아기에 대한 마음을 포기한 지 2주일 만에 다시 영양제를 먹으면서 몸을 만들고 있는 나였다. 혹시나 하는 마음이었다. 부부 사이를 연결해주는 자식은 하나 꼭 있어야 한다며 절대 포기하지 말라던 친정엄마의 말이 귓전을 맴돌고 있었다. 나 또한 남편 닮은 아이를 낳겠다는 일념으로, 나중에 후회하지 않기 위해서라도 수단과 방법을 가리지 말아야 한다고 남편을 설득하고 있었다.

채 열흘도 못가고 손바닥 뒤집듯 쉽게 오락가락하는 나의 모습에 할 말을 잃었는지 남편은 무표정한 얼굴로 침묵했다. 나는 그런 남편에게 죽을 때 미련을 갖지 않기 위해서라도 꼭 한번 해보고 싶은 게 있다면서 가슴 깊이 묻어둔 말을 꺼냈다.

"오빠, 서울 유명한 병원에서 시험관 아기 시술을 해보는 게 소원이야."

처음이자 마지막으로 딱 한 번만이라도 시험관 아기 시술을 받아보고 싶다고 나는 절박한 목소리로 애원했다. 시험관 아기 시술을 해서도 실패하면 깨끗하게 포기하겠다는 내 진심 어린 말에 남편은 대답 대신 눈물 그렁그렁한 내 얼굴을 당겨 가슴에 품어주었다. 말하지 않았지만, 남편은 내 속에 들어갔다 나온 것처럼 이미 내 속마음을 알고 있었다.

난임 병원을 꾸준히 다닌다는 게 몸과 마음이 힘든 건 사실이지만, 비용도 만만치 않아서 선뜻 허락할 수 없는 형편이었다. 진료영수증을 받아들 때마다 놀라고, 카드 명세서가 나올 때마다 손이 후들거리면서 남편에게 미안해졌다. 이번이 마지막이라고 해놓고도 똑같은 말을 여러 차례 되뇌었던 나였다.

단번에 임신에 성공하면 좋겠지만, 이렇게 몇 개월에 한 번씩 돈을 쏟아부으면서까지 아기를 낳아야 하냐면서 한숨 쉬는 남편의 모습을 본 게 한두 번이 아니었다. 차라리 내가 돈을 벌고 있다면 지금처럼 병원비 때문에 스트레스를 받지 않고, 마음은 편하지 않았을까 하는 생각이 들며 직장을 그만둔 게 후회되었다. 남들에게 쉬운 임신이 우리에게는 하늘의 별 따기처럼 어렵기만 한 것 같고, 돈이 없어서 시도해 보지도 못하고 포기해야 한다니 비참해졌다.

그런데 우연이라기엔 너무 기막힌 일이 있었으니, 우리 눈앞에서 일어난 일이지만 도저히 믿기지 않았다. 애타게 손주를 기다리던 어머님은 친구분의 딸이 난임으로 오랫동안 고생하다 서울의 큰 병원에서 손주를 봤다는 말을 듣고 오서서 "너희도 거길 꼭 한

번 가봤으면 좋겠다"는 말과 함께 쌈짓돈 이백만 원을 건네주셨다.

그때 어머님의 입에서 나온 병원 이름은 우리가 가려고 했던 서울 강남의 C병원이었다. 무슨 나쁜 생각을 하다 들키기라도 한 듯 우리는 놀란 입을 다물지 못했다.

사실 어머님은 그동안 우리가 난임 병원에 오랫동안 다녔던 것을 모르고 계셨다. 무엇보다 우리가 매번 실패했기 때문이기도 하지만, 어머님이 병원에 가라며 돈까지 건네주시다니, 그것도 우리가 가려던 C병원을 꼭 집어서!

온 우주의 기운이 우리를 돕고 있다는 생각이 들었다. 모처럼 온 가족이 한마음 한뜻이 되어 가벼운 발걸음으로 C병원에 갈 수 있었다.

희망과
설렘

우리 부부가 시험관 아기 시술을 위해 선택한 병원은 우리나라에서 시험관 아기 시술 경험과 성공률을 자랑하는 대형 난임 병원이었다. 지방에 살고 있던 우리가 과감하게 서울 강남의 C병원을 선택한 이유는 마지막이라는 절박함 때문이다. 그동안 우리가 다녔던 병원들과는 비교도 안 될 만큼 규모가 컸고, 무엇보다 진료 의사가 많아 우리가 선택할 수 있다는 점이 좋았다.

신중하게 의사를 선택해야겠다는 마음에 인터넷으로 정보를 검색해 의사들의 이력과 성공률을 노트에 메모했다. 대표원장으로 맨 위에 올라 있는 교수님은 진료예약이 몇 개월 뒤에나 가능했다. 다른 방법을 고민할 시간적 여유가 없던 우리는 일단 진료를 가장 빠르게 할 수 있는 의사를 선택하고, 진료예약을 했다. 마지막 종착지라 생각하니 감회가 새로웠다.

난임 병원에서 인공수정이나 시험관 아기 시술을 시도하겠다고 마음먹으면 일부러 시간을 내야 하는 데다 일반 산부인과보다 비싼 의료비와 약제비가 뒤따르기 때문에 부담이 컸다. 일단 보건소에 난임 지원금을 신청했다. 다행히 2006년부터 난임 지원이 시작되었는데, 그 지원을 받은 1세대가 바로 나였다. 당시 체외수정에 연간 최대 150만원, 그것도 2회만 지원됐다. 그러다가 2008년부터 난임 부부의 목소리가 확대되면서 인공수정도 지원되었고, 지원횟수도 증가했다. 다만 가구당 소득금액을 조사한 후 지원횟수에 제한이 있던 시절이었다.

우리는 다행히 첫 시험관 아기 시술이어서 보조금을 지원받을 수 있었다. 그런데 시술비만 지원될 뿐 수반되는 약제비나 초음파 검사비는 미포함이었다. 문제는 일반 산과와 달리 초음파 검사비가 비보험이라 꽤 비쌌다. 게다가 서울로 오가는 교통비도 무시할 수 없어 손이 후들거렸지만, 머릿속에는 임신만 된다면야 무슨 감당인들 못 하겠냐는 마음이었다.

지방 소도시에 살던 내가 서울의 C병원에 가는 길은 험난하고도 복잡했다. 시외버스를 타고 1시간을 가면 대전 고속버스터미널에 도착했다. 그곳에서 서울 강남터미널행 버스 티켓을 구매해 2시간을 고속도로로 달린 후 버스를 내려 다시 지하철로 갈아타야 했다. 그런 어려움을 겪으면서도 임신에 성공할 것만 같은 희망과 설렘이 가득했다.

처음 나 홀로 두리번거리며 C병원을 찾아 들어섰을 때 병원 규모에 놀랐다. 평일 점심시간이었음에도 수많은 환자와 하얀 가운을 입은 병원 관계자들이 뒤섞여 바쁘게 움직이는 모습을 보며 세상 사람들이 모두 임신 문제로 고민하지 않나 하는 생각이 들었다. 병원 규모가 큰 만큼 진료실과 검사실을 찾아다니는 게 미로 찾기처럼 복잡했다. 당시 심정은 이곳에서라면 단번에 "임신입니다"라는 축하의 말을 들을 것만 같았다. 그런 생각만으로도 벌써 가슴이 두근거리며 떨렸다.

그런데 대기실에 앉아 자신의 순번을 기다리는 사람들에게 한 가지 공통점이 있었으니, 다들 아는 사람이라도 만날까 싶어 서로 처다보지도 않고 고개를 푹 숙인 모습을 하고 있었다. 아기를 갖고 싶은 간절한 마음으로 기뻐해야 하는데 어딘지 모르게 좌불안석이었다. 죄인이 따로 없었다. 나 또한 지인을 만날까 싶어 두리번거리며 눈치를 살폈다.

그것 말고도 나는 머릿속 생각 하나로 복잡한 심경이었다. 사실 남편과 나는 어머님이 주시는 돈을 받아 들고 한동안 망설였다. 어머님이 내게 병원에 가라고 적지 않은 돈까지 쥐어주시는 것이 놀랍기도 하지만, 어머님 말씀을 무조건 따라야 할 내 처지에서는 기필코 임신해서 와야 한다는 명령처럼 들렸기 때문이다. 결국, 서울에서 시술하고도 임신에 실패한다면 깨끗하게 포기하기로 남편과 약속하면서 다시 한번 우리는 희망의 길로 힘찬 발걸음을 옮길 수 있었다.

우리 부부가 C병원에서 나팔관 조영술과 정액검사를 받고 결과를 듣는 순간 놀라지 않을 수 없었다. 그동안 건강만은 자부했던 남편의 정자 활동성이 떨어진다면서 화면을 보여주는데 심장이 멎는 줄 알았다. 그 전에 다녔던 병원에서는 부부 모두 정상이었는데, 의외의 결과였다. 남편도 놀랐는지 얼굴이 회색빛으로 변했다. 다행히 난자와 자궁벽 상태는 의외로 좋다며 시험관 아기 시술을 곧바로 시작하자고 하셨다.

나는 교수님의 설명을 들으며 남편의 눈치를 살펴야 했다. 시술을 쉬는 동안 스트레스로 인해 남편의 정자 상태가 나빠진 것 같아서 미안함과 함께 어떻게 위로해줘야 할지 걱정되었다. 한편으론 그동안 나를 들들 볶았던 어머님은 내 탓이라며 온갖 데를 끌고 다니셨는데, 문제가 당신 아들한테 있었다고 하면 어떻게 나올지 궁금하기도 했다.

정말로 이번이 마지막이었으면 하는 바람으로 교수님을 간절하게 바라보았다. 꼼꼼하게 진료기록부를 살피시던 교수님은 원래 인공수정을 몇 차례 해보는 게 필수이지만 지방에서 인공수정의 경험이 다수 있는 점을 고려하여 바로 시험관 아기 시술을 해보자고 하셨다. 이번 달에 바로 시작해서 하루라도 빨리 임신에 성공해보자며 희망이 담긴 말씀을 해주셨다. 그동안 수많은 난임 부부의 처지를 들었기 때문인지 말하지 않아도 그동안의 고통을 알고 있다는 눈빛으로 바라보시는데 큰 위로가 되었다.

우리의 첫 서울 병원 나들이가 희망적이었음에도 앞으로 한동안은 많은 시간과 돈을 써야 한다는 압박이 현실로 다가왔다. 혹시라도 돈 때문에 시험관 아기 시술을 포기하고 싶다고 할까 봐 걱정되었지만, 남편은 그래도 책임감이 있어서인지 말을 번복하지 않았고, 서울에서 집으로 내려오는 내내 별다른 감정 기복 없이 침묵했다.

사실 남편의 이런 행동은 혹시라도 나중에 있을지 모를 실망하고 무너지는 나를 염려해서 새롭게 도전하는 병원이라 들뜬 나를 주저앉히려 그랬었는데 난 그걸 몰랐다. 오히려 아이를 낳으려는 게 나 혼자 좋아지려고 하는 게 아님에도 내가 임신을 위해 선택하는 모든 일을 남의 일을 거들 듯 마뜩잖아하는 태도여서 섭섭한 마음이었다. 그래도 임신은 나 혼자 할 수 없다는 것을 알기에 남편의 심기를 건드리지 않으려 무던히도 애썼다.

이제 남편에 대한 서운함도 사라지고 얼른 임신에 성공하고 싶은 마음뿐이었다.

첫발을
떼다

세계 최초 시험관 아기는 1978년생으로 영국에서 성공했다. 우리나라는 1985년에 성공했으니 불과 40년도 안 되는 의학 기술이다. 이미 전 세계적으로 시험관 아기 시술로 태어난 아기의 수는 약 400만 명으로 추정된다. 그럼에도 주변에서 시험관 아기 시술을 만류하는 이유는 착상까지가 너무 어렵기 때문이다. 정부에서 지원하는 난임 지원금을 받아도 병원비와 약제비를 감당하기에 턱없이 부족하기에 돈은 돈대로 쓰고, 몸은 몸대로 망가진다며 반대하기도 했었다.

우리는 서울 C병원에 다니면서 마음이 편안했고, 의지가 샘솟았다. 뭔가 실마리가 풀리는 느낌이었다. 사실 난임 부부는 자신들이 임신에 어려움을 겪는 이유를 알고 있지만, 원인불명인 경우도 많다. 때로는 시험관 아기 시술을 시작하면서 원인을 찾아내

성공에 이르는 경우도 왕왕 있다고 했다.

우리 부부도 지방에 있는 난임 병원을 3년 다니면서 인공수정을 여러 번 시도했지만 계속 실패했다. 이제 그 원인을 찾아냈으니, 별 탈 없던 남편의 정자가 운동성이 떨어져 자연임신이 어렵다는 것을 알게 되었다. 설령 정자의 개수는 많아도 운동성이 떨어지면 자연임신이나 인공수정이 힘들다고 한다.

우리는 교수님의 처방에 따라 시험관 아기 시술을 시작하기로 했다. 과정은 대략 이러했다. 먼저, 난자채취를 위해 과배란 처방을 위한 주사제와 먹는 약을 받아와 자가로 배 주사를 정해진 시간에 맞아야 했다. 그리고 난포가 잘 자라고 있는지 초음파를 확인하러 병원에 가서 난포 상태를 보고 주사약을 조정했다. 난포가 18mm 이상으로 커지면 성숙했다고 판단하고 병원에서 난자채취 날을 잡아준다. 문제는 난자를 채취하기 36시간 전에 난포 터지는 엉덩이 주사를 맞고 병원에 가야 하는데, 엉덩이에 스스로 주사를 놓을 수 없다는 데 있었다. 어쩔 수 없이 동네 산부인과에 처방받은 주사제를 가지고 가서 맞아야 했다. 그리고 난자채취는 수술실에서 수면 마취 상태에서 진행되기 때문에 당연히 금식해야 했다. 난자 채취하는 시간은 20분 정도라고 했지만, 시술 전의 시간과 회복하는 시간까지 포함하면 3-4시간은 소요된다고 했다. 이런 복잡한 여자의 시술 과정에 비하면 남편은 정액만 채취하면 그만이었다.

이렇게 난자채취를 먼저하고, 남편의 정액을 채취하여 배양실로 보내 건강한 정자와 소개팅을 하여 2~5일을 인위적으로 수정시켜 배양된다고 했다. 이런 과정을 거쳐 수정된 배아를 자궁내막에 이식시켜주면 착상시키는 것은 여자의 몫이었다.

시험관 아기 시술을 위해 우리는 아침 8시까지 병원에 와야 하는데, 도저히 엄두가 나지 않아 병원 근처에 숙소를 잡기로 했다. 충분히 자고 나면 컨디션이 좋은 상태에서 난자채취도 하고, 건강한 정자를 얻을 수 있다는 생각도 한몫했다.

병원 가까이에 숙소를 잡아 일찍 잠자리에 들었지만 낯선 방과 침대라 더 잠을 설쳤던 터라, 나는 난자채취가 잘 될까 걱정이 앞서는데 남편은 남편대로 긴장돼 보였다. 이제는 그저 하늘의 뜻대로 맡기는 수밖에 없었다.

병원에서 나는 난자채취를 위한 마취동의서에 사인하고 수술실로 들어갔다. 내 이름을 확인한 것 외에는 아무런 기억이 없고, 눈을 떠보니 회복실에 누워있었다. 마취약 때문인지 아랫배의 통증은 없었지만 몽롱하고 어지러웠다. 난자를 22개나 채취했다는 말을 들으니 안심이 됐다. 이후 14개의 수정란이 완성됐고, 최상급으로 3일 배양한 신선 배아 3개를 이식할 예정이라고 말씀하셨다.

부디 신선 배아든 냉동 배아든 내 자궁에 붙어 임신에 꼭 성공하기를 간절한 마음으로 기도하며 우리는 힘찬 발걸음을 시작했다.

생리 중에 초음파를
어떻게 봐요?

과배란 유도라는 것을 인터넷 육아 맘 카페에서 많이 보기는 했지만 실제로 내가 하게 될 줄은 꿈에도 몰랐다. 배란 유도를 하는 이유는 여러 개의 난자를 채취하여 수정된 배아 중 좋은 질의 배아를 이식하기 위해서였다. 따라서 과배란 유도는 임신율을 높이기 위한 필수 코스였다.

병원에서 생리 2일째 되는 날에 꼭 내원해야 한다고 했다. 생리 중에 병원에 가야 한다는 말이 의외였지만, "네. 그날 봬요"라고 대답만 해놓은 상태였다. 생리 2일째 되는 날은 생리 양이 가장 왕성한 날이라 혈이 울컥 쏟아지기도 하는데, 그날 검사를 한다니 걱정이 앞섰다. 피가 쏟아지는데 어떻게 질 초음파를 본다는 말인가? 궁금했지만 더는 묻지 못하고, 집에 가서 카페에 물어볼 심산으로 입을 다물었다.

당시 뭐든지 물어보면 공감해주고 의사처럼 척척 궁금증을 해결해주는 카페가 어찌나 든든한지 몰라 많이 의지했다. 이번에도 카페에서 내 궁금증이 해소됐는데, 생리 중에 질 초음파를 보는 이유는 생식 체계가 다시 시작되기 때문에 난자 개수를 예측할 수 있는 중요한 시기라고 했다.

드디어 생리 2일차 날에 병원을 방문했다. 간호사가 속옷 탈의 후 검진 치마로 갈아입고 의자에 앉으라고 안내했다. 그런데 탈의실을 나와 진료 의자로 걸어가는데 뭔가 흐르는 느낌이었다. 속옷도 입지 않았는데… 순간 머릿속 회로가 복잡해졌다. 무엇보다 바닥에 떨어진 핏방울이 걱정이었다. 내가 닦으려고 고개를 숙여 몸을 엎드리자 바닥에 피가 와락 쏟아졌다. 가만히 있으면 중간이라도 갈 것을, 도와주려고 했던 행동이 오히려 일거리를 더 만들어줬다. 얼굴이 홍당무처럼 화끈거렸다.

내내 표정이 없던 간호사는 친절하게도 "그거 원래 저희가 하는 일이에요"라고 대수롭지 않게 말했다. 여전히 엉거주춤 서 있는 내게 간호사는 아무렇지도 않은 듯 얼른 올라가서 앉으라는 눈치를 줬다.

결혼 전까지만 해도 산부인과에 다니는 게 수치스럽고 부끄러워 꺼렸었다. 개인만의 비밀이고 누구에게 보여주고 싶지 않았기 때문이다. 하지만 지금 생리 중임에도 다리를 벌려야 한다니 상상하지 못했던 일이 내게 일어났다.

"예쁜 아기 만나려면 이제 시작이고, 진료 과정 중에 있는 극히 일부예요. 약간 불편해도 참으세요."

잔뜩 경직된 나를 보며 담당 의사가 아무 일 아니라는 듯 한마디 건네는데, 그 말이 위안이 되었다. 여성이라면 사는 동안 산부인과 검진 의자 위에 올라 많은 검사를 받는다. 의사는 직업상 아무렇지도 않게 하는 일이라지만 난임 여성은 피가 뚝뚝 떨어지는 생리 중에도 질 초음파를 해야 했다. 의사를 남자로 보면 안 된다는 말을 들었어도 가장 사적이고 민감한 신체 부위를 보여줘야 한다는 게 여간 불편하고 거북스러운 일이 아니었다.

질 초음파를 끝낸 후 검진 치마를 벗고 내 옷으로 갈아입은 다음 상담 의자에 앉았다. 의사와 눈이 마주칠까 봐 불편한 마음에 눈을 아래로 떨구고 귀를 쫑긋 기울였다. 어디가 안 좋다는 이야기라도 나올까 봐 가슴이 콩닥콩닥 뛰었다. 결과가 어떻든 빨리 이 방을 나가고 싶은 마음뿐이었다. 시험관 아기 시술을 시작한 내가 스스로 선택한 일이지만 앞으로 이런 일이 자주 있을 걸 생각하니 복잡한 심경이 되었다. 건강 검진할 때도 일부터 여의사를 찾아서 검진했었는데, 난임 병원에서 여의사를 만나는 것은 기대하기 어려웠다.

의사는 차근차근 설명해 주었지만 내 귀에는 하나도 들어오지 않았다. 처음 겪는 이런 상황들이 그저 생소하고 부끄러웠다. 멍하니 바라보는 내게 의사는 앞으로의 진행 일정을 간호사에게 설명 들을 수 있다며 다음 환자를 불렀다.

　　다음 내원 날짜를 받아 들고 집으로 돌아왔다. 하루에 엄청난 노동을 한 듯 피로가 몰려왔다. 왜 산부인과 진료 의자를 '굴욕의자'라고 하는지 몰랐는데 정말 굴욕적인 날이었다. 그래도 아기를 낳고 싶은 마음이 간절해 뭐든지 하겠다는 자세에는 변함이 없었다. 과배란 약과 주사를 한 보따리 챙겨 와서 식탁 위에 올려놓고 탁상 달력에 빨간 펜으로 동그라미를 그렸다. 다음 내원 날짜까지 간호사에게 배운 배 주사 놓기를 정해진 시간마다 실천해야만 했다.

배 주사 놓기
달인

다들 비슷한 경험이 있지만 나 역시도 초등학교 다닐 때 예방 주사 맞는 날이면 학교에 가고 싶지 않았다. 주사라면 치를 떨었고 꽁무니 빠지게 도망쳤다. 그랬던 내가 하루아침에 갑자기 주사가 좋아질 리 없었다. 간호사가 놔주는 것도 무서웠다. 그런데 내 배에 스스로 주사를 놓는다고? 어림 반 푼어치도 없는 말이다. 임신하고 싶은 마음만 아니라면 어떻게든 버텨 안 할 나였지만 이번만큼은 상황이 달랐으니, 아기를 갖기 위해서는 피해갈 수 없는 관문 같은 거였다.

배 주사는 정해진 시간에 맞는 것이 가장 중요했다. 체내에 약이 일정 농도를 유지해야 하기 때문이다. 나는 주사 놓는 시간을 오전 8시로 정하고 스마트폰에 알람을 설정해놓았다. 30분 전에 이미 알코올 솜과 주사기를 나란히 줄 세워 놓고 알람이 울리기를 기다리며 주사 놓는 순서를 복기했다. 처음부터 잘하는 사람은 없다고 두렵고 무서워도 계속하면 조금씩 손에 익숙해질 거라 믿었다.

내 배에 뾰족한 주삿바늘을 스스로 찔러야 한다니 생각만 해도 아찔했다. 어릴 때 기억을 더듬어보니, 주사 맞을 때마다 엄마는 내 얼굴을 돌리게 해서 주사 맞는 팔을 못 보게 했던 게 떠올랐다. 하지만 지금은 내가 주삿바늘을 찔러야 하니 주사 맞는 부위를 안 볼 수도 없었다. 간호사한테 배운 대로 고통이 덜하도록 주사기 잡는 법부터 떠올렸다.

주사 맞는 영상을 수차례 봤어도 정작 실전에서는 주삿바늘이 피부 깊숙이 박혀 이상이 생길까 봐 세게 누르지 못했다. 결국, 간호사였던 언니한테 도움을 부탁하는 수밖에 없었다. 시험관 아기 시술을 비밀리에 진행하고 싶었는데 알릴 수밖에 없었다. 어려운 부탁에도 언니는 선뜻 응해주었고, 집에까지 와서 직접 주사를 놔줬다. 뱃살을 더 아프게 세게 꼬집으면 주삿바늘이 느껴지지 않을 거라고 방법까지 알려줬다. 그러고 보니 팔뚝이나 엉덩이 주사 놓을 때 찰싹 때리며 주사를 놓는 이유가 있었다. 뱃살을 꼬집는 연습을 얼마나 했는지 나중에 보니 시퍼렇게 멍이 올라왔다.

문제는 내가 하려니 뱃살을 꼬집어서 주삿바늘을 찌르는데 생각보다 뱃살이 두꺼운지 주삿바늘이 잘 들어가지 않았다. 손에

땀을 쥐며 끙끙거리고 있는데 남편은 나보다 더 고통스럽다는 표정으로 바라보고 있었다. 마치 자기 배의 고통을 느끼듯 애처로운 표정이었다.

배 주사의 목표는 최대한 난포가 골고루 자라게 해서 성숙 난포를 많이 채취하는 것이다. 사람마다 기간과 처방이 달랐지만 대체로 장기 요법과 단기 요법으로 나뉘는데, 의사가 개별 맞춤으로 처방해주는 대로 하는 게 가장 좋다. 나는 장기 요법을 하면서 조기 배란 억제 주사를 필수로 맞아야 했다. 인위적으로 난자를 채취하기 전에 배란되는 상황을 방지하기 위해서였다.

인위적으로 약을 투입하는 것이라 부작용도 뒤따랐다. 과배란 주사로 호르몬이 폭발적으로 늘기에 두통은 흔한 부작용 가운데 하나였다. 병원에서는 두통약으로 타이레놀은 먹어도 된다고 했지만, 설령 아기에게 해가 될까 싶어 걱정돼서 참고 견뎠다.

매일 같은 시간에 자가 배 주사를 맞다 보니 횟수가 반복될수록 주사 놓느라 실랑이를 벌이는 시간이 짧아졌다. 배를 내밀고 피하지방을 꼬집었다 놓기를 반복할수록 시간이 점점 줄어들면서 전문가처럼 노련해졌다.

하지만 문득 머릿속이 심란해졌다. 한 달에 하나 나오는 난포를 의학의 힘으로 개수를 늘려서까지 임신에 성공하고 싶은 내가 안쓰럽기까지 했다.

심리적, 정신적으로 약해지자 내 몸이 내 몸같이 느껴지지 않았다. 그래도 희망의 끈만은 놓지 않고 하루하루 버티며 나아갔다. 작은 씨앗 같은 희망을 품고 사는 것. 난임의 한 과정을 통과하려면 그 씨앗만큼은 꼭 쥐고 있어야 했다.

과배란 후의
통증

　매일 같은 시간에 배 주사를 맞는 것도 익숙해
졌는데, 과배란으로 난자들이 잘 크고 있는지 중간 체크를 하러 병
원을 방문했다. 예약된 시간에 맞춰 갔음에도 진료실 앞에는 이미
앉을 자리가 없을 정도로 북적였다. 모두 무표정한 얼굴로 고개
숙이고 앉아 자기 차례가 오기만을 기다리고 있다. 예약시간이 지
나 대기시간이 길어지고 있는 데도 불만을 드러내거나 항의하는
사람은 없었다. 마지막으로 실낱같은 희망을 품고 병원에 의지하
고 있기에 눈치를 살피기에 급급했다. 다들 병원에서 시키는 대로
시간 맞춰 약을 먹고 배 주사도 꼬박꼬박 맞았을 순한 양이나 다름
없었다.

　그런데 궁금증은 왜 그렇게 꼬리에 꼬리를 물고 생겨나는지,
종일을 난임 카페에 머물러 검색해도 부족하기만 했다. 의사는 환

자 각각의 몸에 맞게 과배란 약은 물론 그 양도 다르게 처방한다는 사실을 알았다. 모두 똑같은 얼굴이 없듯 몸을 구성하고 있는 장기들도 각양각색이라 똑같을 수는 없다고 한다. 난임을 겪는 부부들은 어떤 처방을 받았는지 공유하는데, 남들과 다르게 처방한다고 놀랄 일도 아니었다. 무엇보다 카페나 책에서 배운 지식이 있다 한들 가장 중요한 것은 지금 내 몸을 가장 잘 알고 처방해주는 담당 의사의 말을 믿고 따라야 한다는 점이다.

난임 카페에 올라온 난자채취 전에 나타나는 몸의 변화에 대한 글을 읽으며 안도하기도 하고 불안하기도 했다. 과배란 부작용으로 살이 찌고 몸이 붓는다는 부작용을 호소하는 글을 보면서 임신만 된다면야 그까짓 것쯤은 백번이라도 감당할 수 있다는 마음이었다. 아랫배가 볼록해진 걸 보며 난포가 여러 개 자라서 그럴 거라고 상상했다. 매달 생리를 하면 난자에서 난포가 하나씩 나온다고 알았는데, 하나도 안 나올 수도 있다고 들으니 정말 임신이 세상에서 가장 어려워 보였다. 여기까지 온 마당에 내 몸에 예상치 못한 변화가 있을까 가장 두려웠다.

과배란 주사를 맞으면서 난포 상태를 초음파로 확인하기 위해 4일 차에 병원에 갔다. 담당 의사의 진료를 보기 전에 초음파실을 먼저 들러 난포가 잘 자라고 있는지 확인했다. 초음파실 선생님께서 아랫배에 차가운 액체를 문지르며 모니터를 보라고 했다. 동글동글해 보이는 물방울들이 옹기종기 모여 있었다.

"난포 개수가 꽤 많네요."

나는 그 말이 수정란이 많다는 의미로 들려 기뻤다.

"난포가 많으면 많을수록 좋은 건가요?"

내 조심스런 질문에 선생님은 포인트를 짚어주셨다.

"없는 것보다는 좋겠지만, 그보다 건강하게 자란 게 훨씬 좋겠죠."

그러고 보니 아랫배가 유난히 볼록해진 이유가 난포가 여러 개 자랐기 때문이라고 생각했다. 걱정 끝에 또 걱정이라고 많은 난포 중에서 공 난포가 없기를 빌었다.

초음파를 확인하고 난 뒤, 다시 진료실 앞에서 기다리며 이런저런 생각을 하는 동안 내 이름이 호명되었다. 의사는 남아있는 과배란 주사를 정해진 시간에 맞고, 마지막으로 초음파를 한 번 더 확인하자고 했다.

이틀 뒤에 병원을 방문하여 이번에는 초음파실에 먼저 들어갔다. 그 사이에 난포들이 더 커져 있어서 놀랍기도 하고, 시험관 아기를 진행하는데 이상이 없다고 해서 안심이 됐다. 부디 남편의 정자 상태도 건강해서 배아가 잘 만들어지길 바라는 마음이었다. 마지막으로, 성숙 난포의 크기를 확인한 후에 난자채취 날을 잡아주셨다. 그와 함께 난자 채취하기 36시간 전에 난포 터뜨리는 주사제를 꼭 맞고 오라고 말씀하셨다.

과배란 주사제가 내 몸에 잘 맞는 건지 다행스럽게도 여러 개의 난포가 자라서 난자를 채취할 수 있다니 학교에서 우등상 받은 학생처럼 어깨가 으쓱해졌다. 사실 난포가 자라지 않을까 걱정이 컸었는데 내 눈으로 난포를 확인하고 나니 가슴 졸이며 불안했던 마음이 한결 놓였다.

난자를 많이 채취한다고 임신이 한 번에 성공한다는 보장이 없기에 적당한 개수만 나오길 기도했다. 다른 한편으로는 한꺼번에 난자를 왕창 채취한 다음 냉동으로 보관해 두었다가 냉동수정란을 이식하는 방법도 좋겠다는 이기적인 생각이 들기도 했다. 이제 시작일 뿐인데도 간사하게 그새 들뜬 기분은 아니었는지 하는 생각이 들어 마음을 단단히 다잡았다. 대기실에 앉아있는 부부들을 보며 흥분된 마음을 가라앉히고 최대한 겸손해지려 애썼다.

때로는 지나친 정보가 독이 되기도 한다. 몰랐으면 좋았을 걸 난자 채취할 때의 고통을 카페에서 이미 읽고 왔기에 더 무서웠다. 전신 마취는 태어나서 처음 해보는 거라 두려움은 배가됐다. 난자채취를 위해 침대에 누워 힘들었던 나팔관 조영술을 떠올리며 고통이 어느 정도일까 상상했다. 카페에서 경험자들이 엄청 아프다고 했는데 생리통과는 다른 고통이었다. 마치 아랫배에 돌덩이들이 부딪히듯이 쿡쿡 짓누르는 느낌이었다.

난자채취를 마치고 마취에서 깨어나 옆을 보니 천정을 바라보며 회복을 기다리는 분들이 줄지어 누워있었다. 마취가 덜 풀렸어도 배가 이렇게 아픈데 마취가 풀리면 어떨지 무서웠다. 그러면서도 몇 개의 난자가 채취되었을지 궁금했다. 대기실에 기다리고 있는데 난자채취 후의 통증이 올라오기 시작했다. 아랫배를 휘젓고 간 묵직함과 바늘로 찌르는 통증이 느껴질 때마다 소리죽인 채외마디 비명을 내질렀다. 그 와중에 22개의 난자를 채취했다는 얘기를 듣고는 뛸 듯이 기뻤다. 하지만 난자를 많이 채취하면 난소과자극증후군이 와서 복수도 차고 몸이 힘들 수 있기에 복수가 차지 않게 도와주는 약 처방을 받았다.

과배란으로 부은 난소를 가라앉히는 게 최우선 과제였다. 강제적으로 누워 쉬면서 저자극 고단백 음식을 먹어야 한다 해서 이온 음료와 두유를 열심히 들이켰다. 간호사가 수시로 와서 배를 눌러보며 복수가 찼는지를 점검했다. 과하다 싶을 정도로 이온 음료를 마시면서 화장실에서 소변을 자주 봤고, 제발 복수가 차지 않게 해달라고 열심히 기도해서 그런지 부작용은 없었다.

이런 힘든 과정이 이어질수록 아기를 갖겠다는 마음은 더 간절해졌다. 시험관 아기 시술을 하면서 새롭게 알게 된 것 가운데 하나는 정자와 난자가 매달 배출된다고 모두 건강하다고 생각했지만, 면역체계의 이상이나 원인불명으로 임신이 안 될 수도 있다는 사실이었다. 시험관 아기 시술을 하면서 원인을 찾는 사례가 종종 있었는데 그게 바로 나였다.

난자 채취하러 가기 전에, 채취한 난자를 수정시켜 이식하고 남은 배아는 냉동 보관하겠다는 사인을 했었다. 사람의 욕심은 끝이 없다고 냉동 배아도 많이 나오면 둘째까지 냉동 이식하면 좋겠다고 혼자 행복한 상상을 했다. 시험관 아기 시술은 산 하나를 넘으면 또 산이 기다리고 있었다. 난자와 정자를 채취했어도 수정란이 없으면 이식을 할 수 없으니, 수정란이 많이 나오길 기도했다. 다행히도 정자는 한 번에 많이 채취할 수 있기에 건강하고 실한 놈으로 고를 수 있었다. 난자도 성숙한 것으로 골라 정자와 소개팅시켜 배양하면 됐다.

정자와 난자의
소개팅

시험관 아기 시술에서는 과배란하고 난자를 채취하여 이식하는 것을 '한 주기'라 하며, 한 주기에 나온 배아를 이식하는 것을 '신선 배아 이식'이라고 한다. 하지만 난자를 채취했다고 무조건 이식하는 것이 아니고, 과배란으로 난자채취 후 자궁내막 상태가 안 좋을 때는 배아를 이식하지 않는다고 했다. 다시 말해 과배란 유도로 에스트로겐과 프로게스테론 수치가 자연주기보다 높아져 있는지 자궁내막 상태를 보고 이식 여부를 판단했다. 게다가 난자가 배출되기는 하나 공 난포인 경우도 있고, 난자채취를 많이 해도 기형 난자라 이식을 못 하기도 했다.

과배란을 시작하면서 난자가 잘 자라는지 확인하기 위해서는 병원에 내원하여 초음파를 확인해야 한다. 나는 운 좋게도 22개의 난자를 채취하고 자궁내막이 양호해서 신선 배아 3개를 이식할 수 있었다. 교수님이 수정란 상태가 최상급인 데다 자궁내막도 최상급이라고 말씀하시는데, 그 말에 마치 임신이 된 듯이 속으로 기뻤다.

게다가 22개의 난자가 채취된 마당에 미세수정으로 수정란이 많기를 기도했는데, 우리 부부는 이식하고도 14개의 수정란을 냉동할 수 있었다. 그 말은 이번에 신선 배아 이식에 실패해도 나중에 여러 차례 냉동 배아를 이식할 수 있는데, 냉동 배아가 많을수록 과배란 없이 생리 주기에 맞춰 이식할 수 있다 한다. 복잡한 여러 과정을 거치지 않고 임신을 시도할 수 있다니 왠지 횡재한 기분이었다.

그런데 사람의 욕심이라는 게 끝이 없는 게 그 와중에도 쌍둥이였으면 좋겠다는 생각이 들었다. 단태아만 돼도 감지덕지할 일인데 가족계획이 둘을 낳겠다고 했으니 한 번에 쌍둥이라면 더 없이 감사하겠다고 기도했다. 오랜 난임 끝에 뭔가 보상이라도 받으려는 듯 이번에 그만 끝내고 싶었는지도 모른다.

지방 소도시에 살다 보니 집에 내려갔다가 다시 검사를 위해 병원에 와야 했는데, 차로 두 시간 거리를 왕복하다 보면 착상이 안 될까 싶어 불안한 마음에 남편을 졸라서 입원했다. 난임 병원은 입원비도 비급여 항목이라 비쌌지만, 입원만 하면 한 번에 임신이 될 것 같아 무리가 되는 줄 알면서도 고집을 부렸다. 모두가 같은 심정이었는지 입원실은 경쟁이 치열했다. 전국에서 나처럼 임신하겠다는 일념으로 서울까지 왔으니 어련할까 싶었다. 어렵사리 6인실에 자리가 하나 남아있어 구석 자리에 입원할 수 있었다.

아무리 좋은 배아를 이식해도 착상하지 못하면 똑같은 시술을 계속 반복해야 한다. 그 때문에 어떤 방법으로든 배아를 착상시키려고 백방으로 노력한다. 하지만 착상은 '신의 선물'이라는 말이 있을 정도이니 자신에게 어떤 결과로 주어지든 감사하는 자세가 필요하다는 생각이다. 요즘은 배아가 자궁내막에 잘 붙게 해주는 배아글루도 생겼다지만, 이 방법으로도 임신이 안 되는 사례가 많다니 더욱 그러하다.

시험관 아기 시술 후에는 병원 측에서 입원해야 한다는 말이 없었음에도 나는 임신하고야 말겠다는 각오로 입원을 강행했다. 입원실은 나처럼 이식한 사람과 이식 성공으로 임신한 분들이 함께 있었다. 워낙 몸가짐을 조심해서 다들 침대와 한 몸이 되어 누워있는 모습은 조용하다 못해 적막감이 흘렀다.

나는 입원해 있는 동안 평상시에 전혀 입에 대지도 않던 고단백의 음식과 영양제를 시간에 맞춰 꼬박꼬박 먹었다. 특히 두유와 치즈, 이온 음료를 머리맡에 두고 열심히 마시고 먹었다. 의사들이 권한 음식은 아니었지만, 시험관 아기 시술에 성공해서 아기를 낳은 분들의 말을 금과옥조처럼 여겨 내 몸에 적용했다. 그리고 입원실에서 최대한 아랫배를 담요로 돌돌 말아 온기를 주려고 늘 감쌌다. 이렇게 하는 것은 누가 시키지도 않았고 특히 병원에서 이렇게 해야 한다는 것은 아니었지만, 맘 카페 회원들 사이에는 전해 내려오는 무슨 비법처럼 받아들이는 분위기였기에 무조건 실천했다. 이식한 배아를 놓치고 싶지 않은 간절함이었다.

나는 이식하자마자 입원하여 임신한 분들과 섞여서 지냈기에 묘한 기분이 되었다. 피검사하는 날까지 기다리는 것 외에 달리 할 일이 없었기에 종일 몸의 소리에 귀를 기울였다. 조금이라도 아랫배가 부풀거나 당기는 증상을 찾으려고 했다. 미세하게나마 아랫배가 쿡쿡 당겨지는 통증과 속이 더부룩한 증상이 느껴져 희미한 미소를 짓기도 했다. 꼼짝도 안 하고 누워만 지내 조금 덥게 느껴지는 열감까지 있어 임신 성공을 확신하는 마음이었다. 세쌍둥이로 힘들어하는 분을 보면서는 부러움과 함께 시험관 아기 시술 성공률이 저렇게 높을 수 있나 실감했다.

이렇게까지 내 몸을 아껴본 적은 태어나서 처음이었다. 씻지도 않고 몸을 아끼는 모습이 출산 후 산후조리원에서 회복하는 산모처럼 보였을지도 모른다. 하지만 입원실에서는 전혀 흠이 되지 않았다. 모두가 똑같은 마음으로 오직 한 가지, 내 몸에서 변화가 일어나기를 염원하고 있었다.

간절함이 지나쳐 그들이 말하는 증상을 내 몸에 끼워 맞추고 있었는지 모르겠지만, 먼저 이식하고 임신한 분들이 말하는 모든 증상이 내 몸의 증상과 같았다. 그들이 먹는 음식을 유심히 바라보며 주말에 한 번 오는 남편한테 똑같은 음식을 사 오라며 문자까지 보냈다. 임신이 되고 싶은 간절한 마음에 남편을 끝까지 괴롭혔다.

배아 이식 후 입원실에서 누워만 있으니 시간은 정말 더디게 흘러갔다. 가끔 책을 보거나 커뮤니티인 난임 카페에서 임신증상 놀이를 해보았지만, 혹시라도 스마트폰의 전자파가 해가 될까 싶어 내려놓게 되고, 천장만 멀뚱멀뚱 바라보며 아무것도 하지 않으니 불안한 잡념들이 스멀스멀 기어 나와 머릿속을 어지럽혔다. 그럴 때면 나도 모르게 다시 핸드폰으로 손이 갔고, 난임 카페에서 배아 이식 후 임신증상에 대해서 폭풍 검색하는 생활이 반복되었다.

배아 이식 후 11일 차에 임신인지 아닌지 확인하는 피검사를 한다. 그때까지 하루도 빠짐없이 잠들기 전과 기상 시간에 이미 엄마가 된 것처럼 시각화했다. 그리고 감사의 기도를 빠뜨리지 않았다.

기다림은 다시
기다림을 낳고

피검사 전날에는 수시로 잠에서 깼다. 입원실에 누워 지내면서 깊은 잠을 잔 것은 아니지만 긴장된 때문인지 밤새 자고 깨기를 반복했고, 새벽 5시에는 채혈하기 위해 온 간호사를 대면했다. 잘 보이지 않고 어두컴컴한데도 간호사는 내 팔에서 아프지 않게 피를 뽑아가면서 "좋은 결과가 있기를 기도할 게요"라는 말로 기운을 북돋아 줬다.

그간 입원해 지내는 동안 착상이 안 될까 봐 잘 씻지도 않고, 최대한 몸을 덜 움직이려고 노력했다. 임신이 되기를 갈망하며 등에 알이 배길 정도로 누워 지냈다. 교수님은 회진 때마다 안 씻는다고 임신하는 것 아니라고 너스레를 떨었으니, 나만 그런 게 아니었나 보다.

매일같이 내 몸에서 일어나는 변화를 꼼꼼하게 기록해야 했는데, 다양한 임신증상들이 나타나서 더 기대에 부풀었다. 중간에 참지 못하고 남편에게 임신 테스트기를 사다 주면 안 되냐고 부탁했다가 한 소리를 듣기도 했다.

　너나 할 것 없이 침대 옆으로 이온 음료와 두유 상자를 무더기로 쌓아둔 것이 다른 병원의 입원실과 달랐다. 조용한 가운데서도 이심전심이라고 입원 첫날부터 난임이 몇 년 차인지, 시험관은 몇 번째인지 호구조사를 하며 한 가족 같은 분위기였다. 한 분이 3개의 배아를 이식했는데 모두 착상되었다. 말로만 듣던 세쌍둥이였다. 우리는 모두 좋은 기운이 흐르는 입원실이라고 덕담을 주고받기도 했다. 며칠 지나 그 분이 두통과 속이 메슥거려 식음을 전폐하고 걷지도 못하고 죽은 듯이 누워만 있었는데, 다들 그 모습조차도 부러워했다.

　각자 이식한 날이 달라서 피검사하는 날짜도 제각각으로 달랐다. 옆자리의 친근했던 한 분은 내가 입원한 다음 날 아침에 피검사 결과가 비임신으로 나왔는지 울다가 짐을 싸서 조용히 퇴원하는 모습을 보니 우울했다. 마치 내가 그런 모습을 보일까 싶어 고개를 내저었다.

　입원실에서 동고동락하며 기쁨과 슬픔의 감정이 널뛰기했다. 차라리 혼자 1인실에 있으면 좋겠다는 생각이 들 때도 있었다. 그래도 다시 마음을 다잡고 이미 산모가 된 듯 조심조심 거동하며 침대에 누워 시간을 보냈다. 이번에는 아기를 꼭 가져서 보란 듯이 귀환하겠다는 마음으로 침대 머리맡에 쌓아둔 이온 음료를 누구보다 열심히 들이켰고, 두유와 치즈를 입에 달고 먹으면서 이식한 배아가 찰떡같이 붙어있기를 바랐다.

피검사 결과를 기다리는 몇 시간 동안 마음이 수시로 변했다. 임신이면 좋겠다는 바람과 동시에, 그런 일은 절대 없겠지만 혹시라도 아니면 어떡해야 하나 살짝 고민되기도 했다. 임신이 안되면 실망감을 어떻게 감추어야 할지 생각하려다 이내 머리를 흔들었다. 왜냐면 기필코 임신하고 말 테니까.

오전 10시가 넘어서면서 피검사 결과가 나왔는지 입원실마다 술렁이며 어수선한 분위기가 되었다. 오매불망 기다렸던 간호사가 내 이름을 불렀다. 심장이 터질 듯 쿵쾅거렸다. "여기요"라는 소리가 새끼양 울음소리처럼 떨렸다. 찰나의 순간에도 간호사의 눈치를 살폈다. 두구두구두구! 입원실은 쥐 죽은 듯이 고요했다.

"민선미님의 피검 수치 결과는 0입니다."

간호사의 감정 없는 목소리는 내게 와서 엄청난 파장을 불러 일으켰다. 나는 믿을 수 없다며 간호사에게 몇 번이나 되물었다. 이미 입원실마다 기뻐서 날뛰는 사람과 눈물을 흘리는 사람들로 뒤섞여 난장판이었다.

어이없게도 웃는 것도 아니고 우는 것도 아닌 자조적인 웃음이 새어 나왔다. "내가 왜?"라는 물음이 꼬리에 꼬리를 물었다. 내가 이식하고 입원해 있는 동안 뭘 놓쳤는지 머릿속으로 빠르게 시간 순서대로 되짚어보고 있었다.

피검 수치가 5도 아니고 17도 아니고, 0이라니 믿어지지 않았다. 입원해 있는 동안 내가 느꼈던 몸의 증상이 부끄럽고 창피했다. 아랫배가 콕콕 쑤시고, 속이 더부룩하고, 자꾸 속이 메슥거렸던 것은 상상 입덧이란 말인가. 피검사 수치가 0이라는 참혹한 결과를 받아들고서 나란 존재가 마치 먼지처럼 하얗게 사라진 듯 온 세상이 투명했다.

제정신으로 돌아오면서 먼저 드는 생각이 병원비를 어떻게 감당하려고 욕심을 냈나 싶은 마음에 남편을 볼 면목이 없었다. 그리고 임신에 성공하지도 못할 거면서 뻔뻔했던 나 자신에게 분노가 치밀어 올랐다.

혹시나 간호사가 잘못 확인했나 싶어 달려가서 내 눈으로 직접 확인한 후에는 하염없이 눈물이 흘러내렸다. 꺼이꺼이 울음으로 어깨가 들썩거려도 창피함보다는 억울한 심정이었다. 도저히 받아들이기 힘든 결과를 앞에 두고 "왜 나야?"라며 한탄했다. 그날 피검사 결과를 받아본 3명 가운데 나만 탈락했기 때문이다.

그동안 한 병실에서 가족처럼 친구처럼 지냈기에 성공한 그들도 기쁜 내색을 하지 못했다. 내 자격지심일 테지만, 눈을 피하는 것이 마치 잘못된 결과를 받아든 나의 불행이 옮겨오기라도 할까 꺼리는 듯해 보이기까지 했다. 그들에게 한마디 인사도 없이 남편의 손에 이끌려 입원실을 나왔다.

내가 다음 예약을 위해 진료실 앞에 대기하는 동안 남편은 퇴원 가방을 차에 가져다 두기 위해 자리를 떴다. 나처럼 임신에 실패한 사람도, 첫 진료로 임신에 대한 희망으로 들뜬 사람도 진료실 앞에 앉아 자신의 차례를 기다리고 있는데, 사람들 속에 있으면서도 홀로인 듯 나 자신이 낯설었다.

내 이름이 불리고, 진료실에 들어가 교수님 앞에 앉으니 눈을 마주칠 수 없어 고개를 숙였다. 다음 단계를 차근차근 설명하시는데 나의 실패에 대한 위로의 말은 어디에도 없었다. 서운한 감정이 차오르며 눈물을 참느라 연신 어깨가 들썩여졌다. 그런 나를 보면서 교수님은 엄마라는 존재는 강해야 한다면서, 왜 벌써 울면 어떡하냐고 단단해지라고 했다. 어떻게 첫술에 배부를 수 있겠냐면서 시험관 아기 시술은 몸도 몸이지만 하늘의 운도 따라야 한다고 말했다.

진료실을 나오는데 또다시 세상에 홀로 남겨진 느낌이었다. 엉거주춤 뒤를 따라오는 남편이 그렇게 미울 수가 없었다. 집으로 내려오는 차 안에서 얼마나 울었는지 눈에 실핏줄이 터지고 퉁퉁 부었다. 그동안의 힘듦의 과정이 봇물 터지듯이 내 몸 밖으로 쏟아져 나왔다. 행복한 가정을 꿈꾸며 지나다니던 창밖의 아름다운 풍경이 그날은 흑백으로 퇴색되어 보였다.

뭐가 잘못된 건지 도무지 알 수 없었다. 교수님조차도 피검 수치 결과가 이상하다며 고개를 갸웃거리는 모습에 신의 영역인 착상을 내가 해내지 못했다는 결과를 받아들여야 했다. 흐르는 눈물과 콧물이 바다를 이뤘다. 그때 겨우 내가 생각해낸 것이 결과를 기다리다 못해 전화를 건 친정아버지에게 애꿎은 화풀이를 하는 일이었다.

"아빠 때문에 내 인생이 꼬였어. 내가 얼마나 힘든지 알지도 못하면서…"

엉엉 소리 내어 우는 딸의 전화에 아버지는 연신 미안하다고 말하며 어쩔 줄 몰라 하시다가 슬그머니 전화를 끊으셨다. 내가 서울에 있는 병원에 다녀야겠다고 했을 때 잘했다며 용기를 주셨던 아버지셨는데…

얼마간의 시간이 흐르고, 아버지는 다시 남편에게 전화를 걸어와 내려오는 길에 집으로 들러 저녁밥을 먹고 가라고 하셨다. 우리가 아무리 짜증 내고 말도 안 되는 억지를 부려도 너른 품으로 안아주시는 게 부모 마음이었다.

나는 멈추지 않는 눈물을 내버려 두었다. 가슴이 무너지는 느낌이라는 내 호소에 남편이 한참을 뜸들이다가 말을 이었다.

"우리와 인연이 없는 아기가 오면 더 힘들잖아."

나를 다독이는 남편의 목소리가 묵직하게 들렸다. 아픈 마음이야 누구보다 더했을 남편은 본인의 감정은 내색조차 하지 못한 채 속상하다고 울부짖고 있는 나를 위로해줬다.

"더 기다려 보자, 우리."

그 어떤 말을 들어도 뒤죽박죽인 마음이 전혀 나아지지 않았다. 도대체 우리는 언제까지 기다려야 한단 말인가. 앞으로 더는 그만 기다리고 싶다며 다시 흐느낌을 이어갔다.

포기하는 남편과
지치지 않는 아내

　　시험관 아기 시술을 실패한 후에 맞는 세상은 계절에 상관없이 언제나 추웠다. 나 홀로 눈보라 치는 겨울 한복판에 발가벗겨진 채로 버려진 느낌이었다. 이번에 꼭 임신에 성공해서 난임이라는 고통에서 벗어나고 싶었지만, 신에게 또다시 버림받았다는 느낌이었다. 행여나 나중에 하나님을 만나기라도 한다면 어떻게 나한테 이럴 수 있냐며 따지고 싶었다.

　　잔뜩 기대했던 C병원에서 임신 피검사 수치가 2도 아니고 그냥 0이 나와서 완전히 가능성이 없어 보였다. 마치 인생 낙오자라며 손가락질 받는 기분이었다. 다시 일상 회복하는 일이 말 그대로 험난한 가시밭길이었다. 피검사 결과에 대한 실망감이 얼마나 컸었는지 몇 개월이 지났어도 여전히 머릿속에서 지워지지 않았다.

　　이제 남편은 변덕스러운 나를 지켜보는 것도 지쳤는지 아니면 포기했는지 본척만척 외면했다. 그럴수록 나는 조금씩 마음을 가라앉히고 차분해져 갔다. 주변을 정리하고 집안까지 대청소하고 있으니 새롭게 태어난 기분이었다. 그러다 처음 난자채취를 많이 해 신선 배아를 이식하고 남은 배아를 냉동 보관했다는 사실이 문득 떠올랐다.

하지만 남편에게 이 사실을 말하기에는 시기가 좋지 않았다. 시험관 아기 시술을 실패한 후로 나는 임신의 '임'자도 꺼내지 못하고 있었다. 처음에 시험관 아기 시술을 딱 한 번만 해보겠다고 말한 게 실수였다. 게다가 임신에 실패하고 서울에서 내려오는 차 안에서 두 시간 동안 지겹도록 "다시는 병원에 가나 봐라" 하며 큰소리쳤기 때문에 더욱 그러했다. 이런 상황에서 지금 다시 남편에게 냉동 배아를 이식하겠다는 말을 하려니 입이 떨어지지 않았다.

나의 속마음도 모르고 남편은 내가 안정을 찾는 모습에 위안이 되는 눈치였다. 회사 일도 바쁘고 업무의 연장이 계속되면서 나는 또다시 혼자가 되었다. 아파트 베란다 창문만 열어놓아도 놀이터에서 까르르 까르르 웃는 아이들의 웃음소리가 귓가를 맴돌며 떠나질 않았다. 저렇게 맑은 아기천사들은 어떻게 해야 우리 집에 오는지 궁금했다.

신혼집으로 분양받았던 임대 아파트는 아기를 낳아 키우기에는 더없이 좋은 것이 동 앞에 놀이터와 딱 붙어있었다. 집들이

하면서도 눈썰미 있는 남편이라고 가족 친지들에게 칭찬까지 받았다. 그런데도 지금껏 놀이터를 한 번도 사용해보지 못했다. 놀이터에서 뛰어노는 아이들 모습을 보면서 참 부러웠다. 지금 우리 아기는 어디에 있기에 우리 집에 못 찾아오고 헤매고 있는 걸까. 우리 부부에게 아기만 생기면 더없이 행복할 텐데…

어느 날 기분이 좋게 퇴근한 남편에게 치킨과 맥주를 마시러 집 앞으로 나가자고 제안했다. 워낙 치킨을 좋아하는 남편은 무조건 좋다는 말과 함께 들떠 집을 나섰다. 마치 연애하는 기분으로 데이트를 즐기니 기분이 묘했다. 모처럼 남편은 술기운을 빌어 속내를 털어놓았다. 결혼해서 사랑 넘치는 부부로 살고 싶었는데, 애만 낳으려고 혈안이 된 나 때문에 속상하고 힘들다며 말을 맺지 못했다.

오랜만에 우리 부부는 허심탄회하게 속내를 터놓고 이야기를 주고받았다. 그동안 난임을 겪으며 연애 때처럼 진솔하게 이야기를 나눈 적이 거의 없었고, 대화만 했다 하면 꼭 싸움으로 끝났다. 주요 관심사가 임신인 나 때문이었다. 남편은 그동안 통장에 돈이 가득 모이면 우리가 행복해지고, 돈이 많으면 임신은 금방 될 줄 알았다고 했다. 그래서 더 돈을 벌어야겠다는 마음으로 집착했다고, 그동안 외롭게 해서 미안하다며 참고 견뎌줘서 고맙다고 말하는데 진심이 느껴졌다. 그동안의 서러움이 눈 녹듯이 사라졌다.

남편은 이어서 어머님이 계속 애 낳으라고 강요하면 맘 편히

호주에 이민 가버리자고 했다. 입양까지 생각한 우리 부부에게 아기가 물건도 아닌데 만들어내라는 투의 말이 야속했다고. 나뿐만 아니라 남편도 엄마가 목을 조르는 느낌이라고 차라리 멀리 떨어져 살고 싶다고 했다. 가장으로서의 책임감 때문에 강한 척했을 뿐 어쩌면 남편은 나보다 더 힘들었는지 모른다. 그것도 모르고 나는 눈치 없이 징징대면서 어린애처럼 굴기만 한 것이 미안해졌다.

며칠째 말할 기회만 엿보고 있던 나는 남편에게 부탁이 있다며 속마음을 털어놓았다. C병원에 냉동 배아가 몇 개 남아있는데 그것으로 이식을 해보고 싶다고 간절함을 담아 말했다. 냉동 배아 이식은 오히려 신선 배아 이식 때와 달라 임신에 성공할 확률이 높다는 사실을 난임 카페에서 읽은 적 있지만, 그것은 말하지 않았다.

냉동 배아 이식은 생리 2~3일 차에 내원하여 초음파로 자궁 내막 두께를 확인한 후에 동결시킨 냉동 배아를 해동하여 이식하는 방법이다. 따라서 과배란 주사를 맞을 필요가 없었다. 자연 배란 주기에 맞추기는 해도 인위적으로 배아의 착상과 발달을 돕는 호르몬제인 프로기노바와 프로게스테론 제제, 아스피린, 질정을 사용해 배아 이식 후에도 같은 환경을 만들어준다.

남편은 정자채취를 안 해도 된다는 말에 솔깃해하더니 "해보고 싶으면 해봐야지"라며 좋아했다. 남편이 생각보다 호의적이라 반가웠다. 어쩌면 그때 남편은 나보다도 더 절실히 아이를 원했는지도 모른다. 아파하고 절망하는 내 앞에서 자신까지 그런 감정을 드러내 보인다면 내가 얼마나 더 힘들어할지를 헤아린 속 깊은 남편이었다.

나는 속으로 '야호!' 하고 소리쳤다. 우리는 병원에 동결시킨 냉동 배아가 소진될 때까지 해보기로 했다. 난자채취가 처음에 많이 된 것에 다시 한번 감사했다. 남편은 고속버스를 타고 서울로 다니려면 힘들지 않겠냐고 말했지만 하나도 안 힘들다고, 오히려 여행을 가는 기분이라 더 좋다고 말했다.

엄마가 되기 위해서라면 포기할 줄도 모르고, 지치지도 않는 나였다.

3부

제가 임신을 했대요!

이보다
더 기쁠 수 없다!

추운 겨울이 지나면 봄이 살랑거리며 우리 곁을 찾아온다. 꽃샘추위가 시샘하듯 움츠러들게도 하지만 잠깐일 뿐, 자연은 하루가 다르게 꽃눈 잎눈 터뜨리며 온 세상을 환하게 밝혀 사람들을 밖으로 부른다. 도시의 일상을 벗어나 삶의 활력을 얻고자 사람들은 들뜬 마음이 되어 산이나 바다로 여행을 떠난다.

우리 부부도 주말이면 홀가분하게 여행을 다니고 싶었다. 그렇지만 시부모님께서 충북 옥천군의 장령산 휴양림 앞에 펜션을 운영하고 계셔서 주말마다 청소를 도와드려야 했다. 특히 성수기인 5월부터는 방과 화장실은 물론, 야외 바비큐장까지 청소하려면 일손이 턱없이 부족했다.

그날도 후다닥 점심 식사를 끝내고, 다들 맡은 곳을 청소하러 밖으로 나갔다. 주방에 홀로 남아있던 나는 설거지를 하려고 고무장갑을 끼고 있는데 내 핸드폰이 요란하게 울렸다. 전화를 받자 상대방의 부드러운 목소리가 들려왔다.

"여보세요. 민선미님이신가요?"

"네. 맞는데요. 어디시죠?"

"서울 C병원입니다. 피검사 결과 안내차 전화 드렸습니다."

긴장된 마음에 일순간 숨이 멎었다.

"축하드립니다! 피검사 결과 수치는요…"

너무나 기쁜 나머지 나는 듣는 사람은 생각도 안 하고 울먹이는 소리로 "정말인가요?", "정말 제가 확실한가요?"라며 연거푸 묻고만 있었다.

사람이 예상치 못한 상황에 맞닥뜨리거나 당황하면 멍해진다고 머릿속이 하얗게 방전됐다. 병원에서는 다음 주에 2차 피검이 있으니 편안하게 계시다 내원하라고 설명해 주었지만, 흐르는 눈물 속에 잘 들리지 않았다.

사실 2주 전쯤 서울 C병원에 냉동 보관하고 있던 냉동 배아를 자연배란 주기에 맞춰 이식하러 다녀왔고, 어제는 다시 병원으로 가 임신 피검사를 하고 왔었다. 이른 오전 시간에 채혈하면 피검사 결과를 당일에 들을 수 있었지만, 나는 지방에서 올라가느라 다음날에 결과를 전화로 들을 수밖에 없었다.

처음 시험관 아기 시술 때는 임신하고 싶은 간절한 마음으로 병원에 입원해 누워만 있었는데도 임신에 실패해서 배신감이 컸었다. 그래서 냉동 배아를 이식하면서부터는 입원하지 않고 일상 생활을 하며 바쁘게 보냈다. 게다가 병원에 다녀왔다고 하면 시부모님께서 기대하실까 봐 알리지도 않았다. 그런데 이번에 임신에 성공한 것이다.

흐르는 눈물을 닦으며 정신을 차리고 보니, 내가 얼마나 크게 소리쳤던지 마당에서 청소하던 남편과 어머님이 내 앞에 달려와 있었다.

"제가 임신을 했대요!"

내 젖은 목소리에, 그제야 상황을 알아차린 어머님은 조심해야 한다며 나보다 더 호들갑을 떨었다. 남편이 조용히 다가와 고생했다며 나를 꼭 안아줬다.

처음 임신 소식을 들었을 때는 기뻤다가 시간이 갈수록 기분이 이상했다. 아직 임신 초기라 누가 알까 두려웠다. 어렵게 생긴 아기를 누가 샘내서 잘못될까 비밀로 하자고 했다. 이 기쁜 소식을 친정 부모님께 당장 알려드리고 싶었는데 그것도 조심스러웠다. 괜한 나의 가벼운 입놀림으로 소중하게 얻은 귀한 인연이 달아날까 봐 걱정되었다. 아직 피검사도 두 차례가 남았고, 아기 심장 소리를 들으면 그때 친정에 알리기로 했다. 그동안 의지하고 믿었던 난임 카페를 드나드는 일도 잠시 멀리했다. 휴대전화에서도 보이지 않는 전자파가 흘러 태아에게 좋지 않다고 들었기 때문이다.

사실 냉동 배아를 이식하고 와서 임신증상을 하나도 느끼지 못했다. 몸이 둔해진 건지 아니면 증상이 없었던 건지… 어떤 몸가짐을 했는지 생각해 봤지만 의식하지 않고 생활했던 게 팁이었다. 편안한 마음으로 내 일정을 해내며 바쁘게 움직였다. 잊어버리고 있으면 임신이 된다는 말이 사실이었다. 처음 난자채취 후 곧바로 신선 배아를 이식했을 때는 피검사를 하는 날까지 입원해 있으면서 먹고 누워있기를 반복했다. 꼼짝 않고 계속 누워만 있어야 임신이 될 거로 생각했지만 정반대였다. 병원에 입원해 내 몸에서 일어나는 변화에 신경을 곤두세우고 있을 때 나타났던 증상들은 뭐지 하는 생각이 들면서 입가에 미소가 지어졌다.

그동안 남편은 내가 임신에 실패해서 울고불고 자책할 때마다 아기 갖는 걸 그만두자는 말을 수백 번도 더 했었다. 왜 우리에게 있지도 않은 아기를 억지로 가지려 하냐며 그만 내려놓고 둘만 살자고 애원했다. 남편은 사주에도 없는 아기를 억지로 만들어서 낳으면 불행해질까 봐 아기 없이 사는 게 낫다고 수시로 나를 설득했다. 나 또한 남편의 진심을 모르는 것은 아니지만, 아기를 절대 포기하지 않았다. 수없이 포기하고 싶다가도 나중에 후회하고 싶지 않아 다시 용기를 내었다. 내가 할 수 있는 최선을 다해보고 그때 깨끗하게 포기하겠다고 했다.

남편은 연애할 때부터 본래 아기들을 싫어한다고 했다. 나는 너만 있으면 충분히 행복한 결혼생활이라고 했다. 그냥 하는 거짓

말인가 싶어 믿지 않았는데, 어느 날 친정집에서 조카들이 아장아장 걸어가 남편에게 어리광하는 모습을 가만히 지켜보았다. 가족들의 시선을 의식했는지 예뻐하다가도 어느 순간 멀찌감치 떨어져 앉아 데면데면하는 남편이 짠했다. 그런 모습들로 인해 남편은 가족 모임에서 종종 오해받아 곤란한 적도 있었다. 아내를 생각하면 조카들을 무작정 '우쭈쭈' 예뻐해도 속없어 보이고, 그렇다고 조카들을 본척만척하는 행동도 어른으로서는 속 좁아 보이는 행동이었다. 남편은 그 어색함을 틈타 지갑을 꺼내 조카 손에 지폐를 들려주는 게 유일한 사랑표현이었다.

임신이 되고 나니 천하를 얻은 듯 억만장자가 된 느낌이었다. 밥을 안 먹어도 전혀 배고프지 않은 게 신기하고 놀라웠다. 그동안 소원 쓰기를 필사하고 감사기도를 하면서 들인 정성이 결국엔 내게로 돌아왔다는 마음이 들었다. 긍정 마음으로 간절하게 기도했던 끈질김 덕분에 선물을 보내주셨다고 믿고 싶었다.

내가 첫 시험관 아기 시술을 하고 임신에 실패하고 집에 와서는 한동안 사람들의 시선이 부담되어 괜히 사람들이 모여 있는 장소는 일부러 피해 다녔다. 혼자 있는 것이 오히려 좋다며 외톨이로 지냈다. 그때 집 밖은 언제나 신경 써야 할 것이 많은 불편한 곳이었다. 그런데 이제는 혼자 있는 것보다 누군가와 함께 이 기쁨을 나누고 싶었다.

조심스럽게 난임 카페에 임신 소식을 전한 후에 임신과 출산

커뮤니티를 검색했다. 그동안 난임 카페에서 위로받고 용기를 얻었다면 임신과 출산 카페에서는 내가 활용할 수 있는 더 좋은 정보를 익히고 배워야 했다. 수년간 난임으로 눅눅하고 어두운 음지에 머물러 있었다면 이제는 뽀송뽀송하고 밝은 양지로 올라온 갓난 아이처럼 두리번거리며 인터넷을 찾아다니다가 임신과 출산에 대한 나름 온라인상에서 알아주는 대형 커뮤니티로 옮겼다. 임·출·육 카페는 책으로 정보를 얻을 수 없는 실제 경험담을 들을 수 있는 생동감이 느껴져 좋았다.

나는 무엇보다 어렵게 가진 뱃속의 태아를 열 달 동안 지키기 위해 백방으로 노력해야 했다. 몸에 좋은 것으로만 먹고 마음을 편안하게 가져서 탈 없이 출산하는 게 가장 큰 목표였다. 시험관 아기 시술로 임신 후에는 기형아 검사 외에도 정확한 검사를 하는 양수검사가 있는데 유산 위험이 있어서 바짝 신경을 써야 했다. 내 몸의 작은 변화에도 귀 기울였고, 병원에 다니면서 궁금증은 메모해 두었다가 물어보면 자세하게 설명해줘서 감사했다.

난임 병원은 일반 산과와는 달리 임신 확인 후 아기집을 확인하고 심장 소리를 들으면 집과 가까운 출산병원으로 전원해도 좋다고 하셨다. 교수님의 말씀이 어딘지 모르게 기쁘기도 하지만 서운하기도 했다. 그동안 임신이 되게 해주신 은혜를 잊지 말아야 하는데…

난임 부부
졸업

"축하합니다! 임신입니다!"

그 말이 달콤한 솜사탕처럼 계속 귓전에 머물러 반복적으로 들리는 황홀함을 맛봤다. 그동안 얼마나 듣고 싶어 했던 말이었든가…

얼마나 임신 테스트기로 두 줄을 보고 싶었는지, 나는 임신을 확인한 후에도 남편 몰래 약국에서 5개를 사서 아침마다 해봤다. 그러면서 다소 성급한 줄은 알았지만, 임신증상을 수시로 떠올리며 증상놀이를 즐겼다. 입덧으로 남편을 골려줄 마음이었지만 몸의 변화가 전혀 없었다. 아랫배가 콕콕 쑤시고, 배가 빵빵하게 차오른다는데 아무렇지도 않았다.

그토록 바라던 소원인 임신이 됐다. 내 임신 소식을 전해 듣고 집안 식구들뿐 아니라 친구들, 지인들의 축하 전화가 빗발쳤다. "나도 임산부다", "드디어 엄마가 된다"라고 작은 목소리로 말하며 안도했다.

임신이 되었다는 것은 나도 곧 엄마가 된다는 말이다. 10개월 동안 뱃속의 생명체를 지켜 건강하게 출산해야 하는 임무가 생겼다.

그런데 의외로 몸은 아무런 느낌이 없었다. 일부러 온몸의 세포들 감각을 깨우려고 귀 기울였지만, 이상하리만큼 정상이었다. 아직 아무것도 눈에 보이지 않고 느껴지지 않으니 불안함이 없지 않았다. 이 기쁨이 사라져버릴까 두려웠다. 일상에서 하던 나의 행동 모든 게 조심스러워졌다. 바라던 임신이라 흥분되었다가도 내 몸에 지켜야 할 생명이 있다는 사실에 곧 차분해졌다.

아침마다 침대에서 눈 뜨면 '나는 임산부다'라고 각성했다. 누가 시키지도 않았는데 무릎담요로 아랫배를 감쌌고, 아랫배에 손을 얹고 문지르며 말을 걸었다. "아가야, 잘 잤니? 내가 엄마야"라고 말하는데 '엄마'라는 음성이 가느다랗게 떨렸다.

엄마! 그동안 얼마나 불러보고 싶었고 듣고 싶었던 말인가! 내가 엄마가 된다는 게 실감 나지 않았다. 내가 엄마를 부를 때 목소리는 우렁찼는데 아가에게 들려주는 '엄마'는 분명 다른 존재의 엄마였다. 남편이 있으면 '엄마'라는 말이 더 떨렸다.

나는 어려서부터 장래 희망이 현모양처였다. 일편단심으로 신사임당을 좋아해서 자상한 엄마이자 지혜로운 아내가 되고 싶었다. 요즘 가부장적인 이데올로기는 현모양처가 되겠다고 하면 비난하는 사람도 있겠지만, 어린 마음에 아빠와 아이들을 보살피는 엄마가 멋지고 좋아 보였다.

나는 친정엄마가 사랑을 담아 짓는 따끈한 밥을 먹고 건강하게 자랐다. 그런 내가 질풍 노동의 시기인 사춘기를 다소 요란하게 보냈지만, 언제나 자식을 믿고 기다리는 따스한 눈빛으로 대해 주신 엄마 덕분에 순탄하게 지나갔다. 결혼하고 나서야 알았다. 그때 당시 엄마가 할 말이 없어서 하지 않았던 것이 아니라 침묵했다는 사실을. 분명 내뱉고 싶은 말은 수백 가지도 넘었을 텐데… 엄마가 4남매의 막내인 나를 보는 눈빛은 이미 다 알고 있다는 여유로운 눈빛이었다. 그런 엄마를 보면 행복해 보였는지 빨리 어른이 되고 싶었고, 엄마처럼 살고 싶었다. 결혼하면 꼭 자식을 낳아 엄마 같은 사람이 되고 싶었다.

그런데 결혼만 하면 임신과 출산이 순차적으로 이루어져 금방 엄마가 된다는 것은 순전히 내 착각이었다. 임신하는 것은 하늘이 내린 선물이라 아무나 엄마가 되는 게 아니라는 사실을 깨달았다. 어릴 때 혼나거나 속상한 일로 울 때마다 왜 "엄마"라고 소리 내어 울었는지 알 것 같았고, 아이를 뱃속에 품은 이 기쁜 순간에 엄마가 떠오르는 걸 봐도 엄마라는 존재는 위대했다. 특히 어린 철부지가 드디어 엄마가 된다니 더욱 낯설었다.

막상 임신이 되고 나니 이런저런 고민이 줄줄이 꼬리에 꼬리를 물었다. 무엇보다 서울로 병원에 다닐 일이 큰 걱정으로 다가왔다.

드디어 임신 후 처음으로 병원에 예약한 날이 다가와 남편과 여유 있게 서울로 출발했다. 사람 마음이 참 간사하다고 매번 혼자 버스를 타고 가던 병원이었는데 남편과 방문하게 되니 내가 뭐가 된 것처럼 우쭐해졌다. 멀게만 느껴지던 병원 가는 길이 이렇게 가깝게 느껴지기는 처음이었다. 게다가 여전히 붐비는 진료실은 달라진 게 없음에도 왠지 안락해 보이기까지 했다.

이윽고 내 이름이 호명되고 진료실을 들어서자, 교수님이 기쁘게 칭찬할 줄 알았는데 나보다 더 침착하고 달라진 게 없었다. 호들갑스럽게 흥분된 내가 민망할 정도였다. 초음파를 대기하고 있는데 그동안 무수히 많이 해봤음에도 가슴이 콩닥거렸다. 양손에 땀이 나고 호흡이 빨라지며 입이 바짝바짝 말랐다.

초음파 화면으로 아기집을 보여주는데 하나만 덩그러니 있는 아기집이 보였다.

"단태아네요."

그 말이 어딘지 모르게 약간 서운했다. 이왕이면 쌍둥이를 낳고 싶은 마음을 들킨 것처럼 아쉬웠다. 남편도 마찬가지였다. 우리는 내심 쌍둥이라는 말을 듣고 싶었던 것이다.

그런데 초음파 화면 속 아기집 아래쪽으로 새까맣고 기다랗게 보이는 부분이 눈에 거슬렸다. 초음파를 해주던 의사는 그 부분을 가리키며 '피 고임'이라고 설명했다. 그 말을 듣는 순간 심장이 철렁했는데, 임신 초기에 나타날 수 있는 증상이니 염려하지 말라고 했다. 피 고임은 민감하게 반응하면 좋지 않으니 절대 안정을 강조하며, 이 단계에서 하혈이 매우 위험한 징조니 조금이라도 피가 비치면 곧바로 내원하라고 했다.

막상 임신을 해도 여전히 질정을 넣고 먹는 약을 처방받아야 했다. 의사가 지시하는 대로 순순히 따를 수밖에 없었다. 빨리 아기 심장 소리를 듣고 싶은데 7주까지 기다려야 한다고 했다. 방글방글했던 내 얼굴은 금세 어둡게 가라앉았다. 임신을 알고 나서 뱃속 아기를 지키기 위해 더 예민하고 민감하게 행동했다.

이런저런 생각으로 초음파사진을 꺼내 들고 진료실에서 나오다 아차 싶어 사진을 얼른 가방 속으로 밀어 넣었다. 난임 병원에서 초음파사진을 들고 있다는 것 자체가 얼마나 무례한 행동인지 알고 있었기 때문이다.

진료실을 나서는 나를 바라보는 남편의 눈빛은 수백 가지의 물음이 가득했다. 사실 우리는 시험관 아기를 시술하기 전에 쌍둥이가 생기면 어떡하면 좋겠냐고 대화를 나눈 적이 있었다. 남편은 주시는 대로 무조건 감사하게 낳겠다고 말하면서도 속으로는 쌍둥이가 아니길 바라는 눈치였다. 주변에 쌍둥이를 키우는 부부를 보면 가까이 살면서 도와줄 부모님이 있어야 순탄하게 아기를 키울 수 있다며, 사실 키우는 게 걱정이라고 했다. 애는 엄마인 내가 키울 건데 왜 당신이 걱정이냐며 나는 자신만만했었다.

사회생활을 하는 남편은 주변에 쌍둥이를 키우는 사람이 있었는지 장단점을 나보다 더 잘 알고 있었다. 당연히 하나보다는 둘을 한꺼번에 키우는 일이 쉽지 않다는 것은 누구나 안다. 우리 부부처럼 시험관 아기 시술을 할 때 3개의 배아를 이식하는데, 이는 쌍둥이가 생겨도 좋다는 것을 허락한다는 의미이기도 했다. 처음 시험관 아기 시술이 생겨날 당시만 해도 배아를 5개 이식했었는데 3개로 제한한 이유는 조산과 미숙아 출산 가능성 때문이라 한다.

여기저기 소문내기에 임신 안정권은 아니었지만, 나는 그동안 많이 의지하고 믿었던 난임 카페에는 이 사실을 제일 먼저 알리겠다는 약속을 지키기로 했다. 난임으로 힘들어하는 분들에게 희망의 임신 바이러스를 나눠드리고 싶었다. 카페에 임신 성공 과정을 쓰는 내내 눈물이 멈추질 않았고, 함께 나누었던 이야기들이 한 편의 영화장면처럼 스쳐 지나갔다.

그리고 또 하나의 궁금증을 해소할 수 있었으니, 우리 부부를 닮은 2세의 얼굴을 스마트폰에서 미리 볼 수 있었다. 유난히 호기심이 강한 나였기에 남편과 나를 닮은 아기의 외모가 어떤 모습일지 궁금해 미칠 지경이었다. 스마트폰에 앱을 설치하고 가장 잘 나온 내 사진과 남편의 사진을 합성하자, 가상이지만 우리 2세의 얼굴을 볼 수 있었다. 두 사람의 얼굴을 오묘하게 섞어 놓은 느낌으로 너무 귀여웠다. 막상 성별을 알 수 없으니 왕자일 경우와 공주일 경우를 다 해보면서 아들이든 딸이든 상관없다고 말했지만, 내심 시어른들의 바람을 무시할 수는 없었다. 첫 아이를 아들로 낳으면 둘째부터는 성별 걱정이 없다는 말이 기억에 남아있었다.

시험관 아기 시술의 여정을 생각하니 놀라웠고 마음이 벅차올랐다. 처음으로 과배란을 시작하고 난자채취, 착상 전 유전검사, 이식을 거치고 여기까지 온 데는 모두 내가 잘 되기를 돕는 마음이 있었기 때문이었다. 그동안 실패하고 좌절할 때마다 남는 것은 비참함뿐이었는데, 그런다고 내가 난임이라는 현실은 달라지지 않는다는 것을 깨닫고 운명을 받아들였다. 나에게 아기는 이렇게 늦게 줄 운명 말이다. 많은 시련과 고통으로 한 뼘 더 성장시켜 주려는 신의 의도였나 싶었다. 불확실함 속에서도 의료진을 믿고 계속 긍정적인 마음가짐을 한 덕분에 좋은 결과가 있음을 다시 한 번 감사했다.

유난스러운
태교

　　산부인과에서 정기검진으로 아기 초음파를
보고 내려오던 중이었다. 병원 앞에서 유아 교육계에서 '샤넬'처럼
유명한 그림책을 파는 영업사원을 만났다. 그 전에는 내게 아기
그림책을 권유하는 자체가 싫었다. 아직 읽어줄 아기도 없는데 불
난 집에 부채질하는 느낌이었다. 임신하면 어련히 사줄 텐데 임신
하지도 않은 나에게 무작정 홍보하는 게 못마땅했다.

　　상황이 달라진 지금은 임신한 몸이기에 내가 그 영업사원에
게 먼저 다가가 말을 건넸다. 속으로는 '나도 이제 동화책을 살 자
격이 있다'라고 속삭였다. 나는 그날 혼자 임산부가 된 것처럼 자
랑하고 싶었는지 비싼 전집을 결제하고 으쓱해져서 집으로 돌아
왔다. 남편을 어떻게 설득시킬지는 생각지도 못하고 혼자 용감하
게 독단적인 결정을 했다. 물어보고 결정하면 '안 돼'라는 답변을

할 걸 미리 알고 있었기 때문일까.

　며칠 후 퇴근하고 돌아온 남편은 거실에 알록달록 포장된 그림책 상자를 보고 기겁을 했다. 아직 뱃속 아기는 태어나려면 몇 개월이 지나야 하는데 왜 이렇게 많은 동화책을 샀냐는 표정이었다. 전집을 산 선물로 미니책장까지 받아서 나란히 동화책을 꽂아놓았으니 점점 아기가 자라는 집으로 변해갔다.

　"오빠, 언제 근사하지?"

　신이 나서 내가 묻자, 남편은 너무 앞서간다면서 나무랐다.

　"쪼그만 아기가 얼마나 읽겠냐고, 그것도 아직 태어나지도 않았는데…"

　어찌나 황당한지 말을 끝맺지 못했다. 이제부터 천천히 조금씩 읽어주면 된다고 남편에게 큰소리치자, 전에 없던 내 모습에 남편은 놀라는 눈치였다. 내가 임신했다고 유세한다며 놀렸지만, 그동안 내가 얼마나 해보고 싶었던 일인지 남편은 모를 것이다.

　그뿐만이 아니었다. 건강하고 똑똑한 아이를 낳고 싶은 마음에 임산부 카페에서 태교로 무엇이 좋은지 찾아보았다. 지구상에 존재하는 엄마들의 궁금증은 하나같이 일치했다. 똑똑한 아이, 차분한 아이를 낳기 위한 여러 가지 비법들이 전해 내려오고 있었다. 나 역시도 입덧으로 잘 먹지도 못하면서도 어디서 그 힘이 나오는지 뱃속 아기에게 더 열심히 동화책을 읽어주고, 클래식 음악을 들려주었다. 내가 그렇게 노력했음에도, 의외인 것이 퇴근하고 돌아오는 남편이 들려주는 나지막한 중저음의 목소리에 더 큰 반응을 해서 약간 서운하기도 했다.

혼자 있어도 혼자가 아닌 듯 행복했다. 전혀 외롭지 않았고 평범한 가정의 행복을 누리는 것에 감사하면서 기도했다. 귀하게 주신만큼 사랑을 듬뿍 주면서 키우겠다고 다짐했다.

한편으론 출산을 염두에 두어야 했기 때문에 건강을 우선으로 챙겨야 했다. 인터넷 카페에서는 절대 다이어트를 하지 말아야 한다는 주의와 분만 후에 다이어트가 어려우므로 적당히 먹어야 한다는 의견으로 갈렸다. 산부인과 의료진들 사이에서도 의견은 분분했다. 임신 중에 과도한 다이어트를 하면 당연히 태아에게 좋지 않고, 저체중아를 낳을 확률이 높다는 것이었다. 게다가 산모는 골다공증으로 평생 고생할 수도 있다 한다.

나는 다른 임산부들보다 입덧이 심해서인지 체중이 임신 전과 후로 거의 늘어나지 않았다. 오히려 더 빠졌다고 해도 틀린 말이 아니었다. 그래도 아기는 잘 자라주니 신기할 뿐이었다. 엄마는 먹지 못해도 아이는 잘 큰다더니 그 말이 맞는 말이었다.

다행인지 불행인지 입덧이 약간은 좋아졌지만, 과식하면 거북했는지 먹은 것을 전부 토해버렸다. 그래도 먹고 싶은 것은 많았다. 남편은 먹으면 토하면서 왜 그렇게 새로운 먹을 것을 찾느냐며 성화를 부리면서도 그것이 지금 해야 할 아빠의 역할이라면서 내가 말하는 즉시 전부 구해다 주었다.

입덧 한 번 별나다고, 한번은 남편도 좋아하지 않고 냄새 때문에 꺼리는 홍어 삭힌 것을 먹고 싶다고 했다. 한 번도 먹어 본 적이 없는 음식을 내가 느닷없이 먹고 싶다니 귀신이 곡하고 팔짝 뛸 일이었다. 남편은 어이없어하면서도 어쩔 수 없이 주말 저녁에 유명한 홍어집으로 나를 데리고 갔다.

놀라운 것은 내가 임산부인 줄 한눈에 알아본 주인아주머니가 "아들인가 보네? 내가 다른 건 몰라도 뱃속 아기의 성별은 기가 막히게 알아맞힌다니까"라며 호들갑스럽게 웃었다. 우리는 묻지도 않았는데 처음 보는 아주머니가 성별을 어떻게 알아냈는지 신기할 따름이었다. 만삭일 경우 배 모양을 보고 안다고 했는데 옛 어른들의 예지력에 감탄했다.

임신하고 생전 처음 먹어본 홍어는 낯설었다. 종종 한정식에서 나오는 삼합으로 아주 약하게 삭힌 홍어여도 냄새가 유별나서 먹지 않았었는데 이번에는 그 냄새가 좋았다. 한 점을 싸서 소금에 찍어 먹으니 코가 뻥 뚫리는 느낌이었다.

내가 어째서 삭힌 홍어가 먹고 싶었는지 모르겠지만 뱃속 아기가 먹고 싶어서 먹었다고 결론지었다. 세월이 한참 지났어도 가끔 남편은 이 홍어 사건을 두고 TV의 '세상에 이런 일이'에 나올 일이라며 너스레를 떨었다.

왜 이리
배가 안 나올까?

임신이 되었다는 소식과 함께 내 머릿속은 장밋빛 환상으로 물들었다. 꿈만 같았던 일이 내게 일어나고 있으니 눈을 감고 가만히 있어도 마냥 즐거웠다. 임부복을 입은 모습을 상상하고 있으면 입꼬리가 저절로 올라갔다.

그런데 그토록 소망하던 임신이 되었는데 몸의 외적 변화는 없었다. 하루빨리 배가 나와서 임부복을 입고 거리를 걸으며 온 천하에 "나는 임산부다"라고 자랑하며 그동안 받은 설움을 보상받고 싶었건만, 여전히 배는 나올 기미조차 없었다. 그만큼 아기를 하루빨리 만났으면 하는 바람이 컸지만, 야속하게도 나의 마음을 아는지 모르는지 배의 변화는 거북이처럼 느리고 더뎠다.

어렵게 얻은 이 행복이 행여 달아나기라도 할까 봐 말을 할 때도 한마디 한마디를 신중하게 조심했다. 호들갑스럽게 임신 사실을 동네방네 얘기하고 다니고 싶다가도 삼가는 마음이 되어 몸가짐을 바르게 했다. 온 세상을 다 가진 듯한 기쁜 마음을 겉으로는 내색하지 않고 주변을 살피고 또 살폈다.

내가 임신이 되기 전에는 속 좁은 사람처럼 배 나온 임산부를 보면 이유 없이 질투했었다. 외출했다가도 임산부를 보면 기분이 상해 집으로 돌아온 적도 있었다. 감정 기복이 심해서 누가 봐도 조울증 환자처럼 보였을 것이다. 소견이 좁은 사람은 아니었지만 반복되는 임신 실패로 나도 모르게 그런 사람이 되어있었다.

그런데 하루빨리 임부복을 입고 싶은 마음에 이제는 거리를 걷다가 임산부를 만나면 유심히 관찰했다. 만삭으로 유난히 부른 배 때문에 허리를 뒤로 젖히며 뒤뚱거리는 임산부의 모습을 본 저녁에는 화장대에 앉아 나의 모습을 상상했다. 처음에는 우스꽝스럽다가도 신비로운 생명체를 잉태한 모습이라 생각하니 더없이 아름다운 여신의 모습이었다.

무엇보다 옷 욕심이 많았던 나는 임부복이라고 예외가 아니었다. 일부러 임산부 티를 안 내려는 사람도 있지만, 나는 세상에서 가장 아름다운 임산부를 상상하고 컴퓨터 앞에 앉아 임부복 쇼핑에 나섰다. 그러면서 당당하게 새 생명을 몸에 품고 있다는 걸 증명하고 싶었는데 배가 나오지 않으니 아무도 알아봐 주지 않아 속상하기도 했다. 생각과 달리 배가 더디게 나와서 배신당한 기분이었다. 미리 사둔 임부복은 옷장에 갇혀 세상 구경할 날을 손꼽아 기다리고 있을 뿐이다.

　　주변에서는 극성맞은 내 모습에 배가 불러오기 시작하면 정신없으니 오히려 걱정하지 말라고 놀렸다. 임신했어도 배가 나오는 시기는 체질마다 다르다는 것을 알았다. 본래 살집이 있는 사람은 배가 많이 나온다는데, 나는 마른 몸에 심한 입덧으로 몸무게가 4kg이나 빠진 후라 배 나오는 게 더뎠다.

　　세상에서 가장 아름다운 여인은 '어머니'라는 이름을 갖고 있었다. 새로운 생명을 잉태한 어머니의 모습은 어떤 여인보다 귀하고 아름답다. 아직 임신 초기라 겉으로 표시 나지 않음에도 불구하고 임신한 몸이라는 사실에 자긍심을 갖고 당당해야 한다. 아직 배가 나오지 않아도 뱃속 아기가 답답해할까 봐 아기를 먼저 생각해 헐렁한 옷차림으로 바꿨다. 난임을 오래 겪은 여성들은 나와 마찬가지 심정일 것이다.

　　귀동냥으로 들었던 전설로는 임신해서 먹고 싶은 걸 먹지 못하면 짝짝이 눈 아기를 낳는다는 말도 있었다. 그래선지 아내가 임신 초기에 특정 음식에 대한 강한 욕구를 보이면 남편들은 동에 번쩍 서에 번쩍 찾아다니며 구해오기 바빴다. 과거에는 추운 겨울에 시장에서 딸기 구경하는 게 하늘의 별 따기였고, 한여름에 아이스크림을 사 먹을 수 없던 시절이었음에도 아기의 눈이나 다른 문제는 절대 생기지 않았으니 전해오는 이야기일 뿐이다.

　　그럼에도 불구하고 오랜 난임을 겪었던 여성들은 순간순간

지금에 이르기까지 힘들었던 과거를 회상하며 감정이 북받쳐 오르는 포인트가 있는 것 같다. 요즘은 돈만 있으면 뭐든 구할 수 있는 편리한 세상이라지만 나도 특권을 누릴 수 있는 임산부가 된 마당에 남편에게 대접받고 싶었다. 하지만 그 무엇보다 소중한 아기를 위해 행복한 마음으로 태교하고 긍정적인 마음으로 임신 생활을 즐기는 자세가 필요하다.

바느질의
달인이 되다

시간은 잘도 흘러갔고 '꿈동이'는 감사하게도 임신 주차에 맞게 안정적으로 잘 자랐다. 산부인과 정기검진을 마치고 돌아오다가 엘리베이터에 붙은 임산부를 위한 태교 퀼트 모집 광고지를 보았다. 예비 엄마에게는 바느질이 태교 중에서 가장 으뜸이라는 사실을 들은 적이 있어 그냥 지나칠 수 없었다. 수강료가 무료였고 재료비만 내면 되니 좋은 기회인 것 같아 잽싸게 전화로 신청했다.

남편은 거리도 있는데 어떻게 다닐 거냐고 물었지만, 지하철 타고 내려서 버스로 갈아타면 금방 도착한다고 벌써 경로까지 알아본 터였다. 사실 나중에 배가 더 나오면 힘들겠지만, 배가 안 나온 지금 나중에 일어날 일은 생각하지 않기로 했다.

언제부터인가 임신했을 때 손을 많이 움직여야 아기 머리가 똑똑해진다며 산모들이 태교로 손바느질 퀼트를 많이 선택했다. 엄마가 아기를 만날 날을 기다리며 손수 무언가를 준비하는 마음은 경건하기까지 했다. 바느질 태교인 퀼트로 태어날 아기의 놀잇감을 다양하게 만들 수 있었다. 아이가 가지고 놀고 있는 상상만 해도 즐거웠다. 그렇게 조금이라도 더 아이와 유대관계를 가지고 싶었다.

손바느질 퀼트는 일주일에 한 번 수업이 있고, 그날 재료를 받으면서 방법을 익혀 집에서 한 땀 한 땀 바느질을 해가면 됐다. 처음에는 서툰 바느질 솜씨 때문에 아주 간단한 것을 만들기 시작했는데, 누구나 손쉽게 만든다는 턱받이를 만들었다. 다음으로 난이도 있는 딸랑이, 주사위, 자동차, 곰 인형, 토끼 인형 등을 만들고 나니 조금씩 더 욕심이 생겼다. 내가 손수 만든 것을 아이가 애착 인형으로 가지고 놀기를 바라는 마음이었다.

바느질이 익숙해지면서 임산부 퀼트에서 시간이 많이 소요돼서 꺼린다는 신생아 흑백 모빌을 도전했다. 평면이 아닌 입체라서 더 재미있었다. 바느질을 마치고 마지막으로 솜을 채워 동그란 공 모양, 별 모양, 아기천사 모양으로 완성되고 나니 뿌듯했다. 곧 태어날 아이가 엄마가 손수 정성스럽게 만든 모빌을 바라보고 있는 모습을 생각하는 것만으로도 기분이 좋았다.

아침저녁으로 임신 축하선물로 받은 태교 음악 CD를 넣고 퀼트 바느질을 시작했다. 내가 만든 장난감을 잔디밭이 있는 마당에서 아기가 가지고 노는 상상을 하면서 한 땀 한 땀 정성을 다했다. 내가 그것에만 몰입해 있는 걸 염려한 남편은 애가 안 좋아하면 어떻게 하냐며 따라다니면서 잔소리했다. 시중에서 파는 장난감이 훨씬 좋은데 왜 사서 고생이냐고 못마땅해했다.

내가 그토록 해보고 싶었던 일인데 남편이 내 마음을 몰라줘 섭섭했다. 바로 임신 기간에 아기를 위해서 뭔가를 해냈다는 행복한 성취감이 그것이었다. 그러고 보니 친정 언니가 첫 조카를 임신했을 때 아버지의 자동차 시트와 엄마의 스웨터까지 코바늘뜨기와 뜨개질했던 이유를 이제야 알았다. 살림살이 장만할 생각이 아닌, 차분하고 지혜로운 아이를 낳고 싶은 마음이었다.

그런데 어느 순간부터 태교로 시작한 바느질이 일이 되어 나도 모르게 몇 시간씩 꾸역꾸역 바느질만 하고 있었다. 그런 나를 보면서 남편은 또 싫은 소리를 했다. 집안을 빙 둘러보니 그럴 만도 했다. 퇴근하고 돌아온 남편에게 줄 저녁 식사를 준비하지도 않은 채 잔뜩 웅크리고 앉아 바느질만 하고 있었으니 얼마나 답답한 노릇인가. 남편은 "너는 적당히는 안 되는 거니"라며, 오랜 시간 쭈그리고 앉아있으면 허리도 아프고 아기도 불편하고 힘들 텐데 어떻게 너만 생각할 수 있냐고 걱정을 담아 말했다.

맞는 말이었다. 누가 시켜서 바느질하라고 했으면 벌써 그만두었을 일이었다. 몇 번이고 내가 이 바느질을 왜 하는가 싶다가도 좋아할 아이를 생각하면서 더 집중했다. 사실 좁은 엄마 뱃속에서 자유롭게 놀아야 하는데 내 욕심으로 웅크리고 바느질을 하니 불편하다고 아우성을 했다. 자꾸만 거친 태동을 하면서 배를 밀어내고 뭉치고 난리를 쳤었는데 무심히 지나쳤었다.

손바느질 퀼트 태교를 원하시는 분들이라면 절대 많은 작품을 만들려고 욕심내지 말고, 뱃속 아이와 함께한다는 즐거운 마음으로 보람 있는 시간이 되길 바란다.

입덧이 즐거울 거라는 착각

결혼 초기에 얼마나 간절한 마음이었던지 상상임신을 했었다. 남편의 고향 친구 부부와 거제도로 여행을 갔을 때, 냄새에 극도로 예민했고 속이 울렁거림을 느꼈다. 자동차를 장시간 타도 멀미 한번 없던 나였는데 이상하게 속이 불편했다. 선착장에서 유람선을 기다리는 동안 계속 속이 울렁거리고 현기증이 나서 쓰러져 결국 우리 부부는 유람선을 타지 못했다. 그때 당시 입덧이라 생각했다. 너무 아이를 갖고 싶으니까 상상임신까지 한 거였다. 며칠간 상상임신으로 행복했던 기억이 새록새록 했다.

이미 상상임신의 전적까지 있기에 나는 임신하면 입덧이 기다리고 있을 거라 믿었다. 예민한 사람일수록 입덧이 심할 거라고 말했지만 방심했고, 별로 신경 쓰지 않았다. 그저 임신만 되면 만사형통이 될 거라 믿었다.

드디어 올 것이 왔다. 놀랍게도 코가 완전히 개코가 된 듯 예민해져 몇 미터 전방의 냄새도 맡을 수 있었다. 입덧은 이상하게 온종일 울렁거리고 메슥거렸다. 먹어도 그렇고 안 먹어도 그렇고 갈수록 진퇴양난이었다. 본래 입덧이 이런 거였나 싶었지만 그래도 감사해야 했다. 왜냐면 아기가 엄마한테 보내는 신호라고 믿었다. "엄마, 나 여기 있어"라고 보내는 사인처럼 안심시키는 게 입덧이라고 했다.

임신 5주가 되기도 전에 남편한테 나는 냄새가 나를 힘들게 해서 옆에 오지도 못하게 했다. 남편이 바르는 화장품, 비누, 세탁세제, 유연제 냄새까지 내 속을 마구 뒤집어 놓았다. 압력밥솥에서 밥을 지을 때 나는 구수한 밥 냄새까지 거북스러워 밥솥을 베란다로 내놓아야 했다. 나의 이런 반응에 남편은 도저히 이해가 되지 않는다는 듯 번거로워하면서도 어쩔 수 없이 내게 맞춰주었다.

그렇게 바뀐 현실에 적응하려 무던히도 노력하던 남편은 며칠을 가지 못하고 백기를 들고 말았다. 아무것도 사용하지 못하고 세수하니까 얼굴이 번들거려 안 되겠다며 당장 비누 세안을 하고 안방에 들어오지 않겠다고 선언했다. 그렇게 우리 부부는 임신과 동시에 입덧으로 각방을 쓸 수밖에 없었다.

입덧에 대한 즐거운 상상은 막상 닥치니 기대와 달라도 너무 달랐다. 우리는 이미 새 생명에 모든 게 흔들리고 있었다. 임신만 하면 싸우지 않을 것 같았지만 극도로 예민한 나 때문에 자주 언성을 높이고 있었다. 산 넘어 산이었다. 혼자만의 입덧도 즐겁게 받아들인다는 약속은 순 거짓말이었다. 실제로 겪어보니 살이 쭉쭉 빠지는 게 음식을 섭취하지 못해 뱃가죽과 등가죽이 붙었다는 말을 실감할 수 있었다. 입덧 방지 수액을 맞고 와도 그때뿐이었다.

음식을 제대로 먹지 못하면서도, 겨우겨우 어떻게 먹고 나면 즉시 구토가 이어지니 탈수와 어지럼증이 생겼다. 화장실은 왜 그렇게 자주 가야 하는지 어지러워 안방에서 엉금엉금 기어가는 수밖에 없었다. 하루빨리 입덧이 좋아지길 바라는 마음이 컸지만, 시간이 지날수록 오히려 심해졌다. 침을 삼키지 못해서 각 티슈를 곁에 두고 질질 흐르는 침을 닦아내야 했다. 남편은 갈수록 추해지는 나를 바라보며 중증환자처럼 보인다고 안타까워했다. 뭐 하나 쉬운 것이 없는 나였다. 병원에서는 입덧을 방지하는 약을 먹어보라고 권했지만, 뱃속 태아에게 해로울까 봐 참아보겠다고 했다. 나중에 자식들이 알아줄 리도 없겠지만, 그게 우리 모든 엄마의 마음이었다.

일반적으로 임신 5주에서 8주 사이에 입덧 증상이 나타난다는데 내 몸은 무척 빠르게 시작되었다. 임산부라고 모두 입덧을 겪는 것은 아니고, 또 입덧을 짧게 겪는 사람도 많다. 입덧에 대해 사전에서는 태반에서 나오는 융모막 호르몬의 영향으로 추측했고 프로게스테론, 렙틴, 에스트로겐 등 호르몬을 원인으로 꼽았다. 임산부 카페에서는 친정엄마가 입덧이 심하면 나도 물려받아야 하는 것처럼 유전의 영향으로 보고 있었다.

　흔히들 나와 같이 토하는 '토덧'만을 입덧이라고 알고 있는데 계속 먹는 걸 끊이지 않는 '먹덧'과 계속 속이 더부룩한 '체덧'으로 구분한다는 재미난 글을 보고 웃었지만, 한편으론 슬펐다. 제대로 먹지도 못하면서 토하기만 하는 내가 차라리 맘껏 먹어보는 먹덧이라면 얼마나 좋을까 하는 부러움까지 있었다. 입덧이 심할 때는 비스킷이나 새콤하고 상큼한 과일을 먹으라고 하는데, 나는 토하는 게 두려워 아무것도 먹지 않고 가만히 누워있는 편이 나았다.

　그럼에도 입덧이 있다는 것은 아이가 건강하게 잘 지내고 있다는 신호 같아서 안심되기도 했다. 공복일 때 입덧이 심하다고 하는데, 나는 오히려 뱃속에 음식물이 들어오면 어느 것 하나 남기지 않고 토해냈다. 다행히 입덧의 절정기인 임신 11주에서 13주에는 계속 공복을 유지하는 습관 때문이었는지 별 어려움 없이 지나갔다.

임산부가
챙겨야 할 것들

난임 병원이 하는 일은 난자와 정자를 채취해서 수정시키고 배양한 것을 이식해줘 임신을 도와줬다. 이식한 배아가 착상되면 임신 성공으로 아기집을 확인하고, 심장 소리를 듣고 안정된 상태가 되면 난임 병원을 졸업해야 했다.

나는 임신 6주 차까지 난임 병원에서 초음파로 아기집을 확인하고 심장 소리를 듣고 나서 담당 의사의 권유로 집과 가까우면서 분만이 가능한 산부인과로 옮겼다. 기분 탓인지 전과 다르게 엄숙함보다는 밝은 기운이 전해져 좋았다. 게다가 산모 수첩을 받으니 비로소 산모가 됐다는 것을 실감할 수 있었다. 산모 수첩의 첫 장을 넘기자, 산모의 기록이 자세하게 기록되어 있고, 분만 예정일이 적혀 있었다. 그걸 내 두 눈으로 확인하니 안심되었고, 이윽고 머지않아 내 앞에 나타날 아기의 얼굴이 그려졌다.

이제 집에서 정기검진을 받으러 다니면서 태아가 건강하고 안전하게 잘 자라는지 확인하고 분만을 기다리기만 하면 됐다. 자그마한 산모 수첩을 늘 머리맡에 두고는 보고 또 보고 닳도록 봤다. 매번 진료 때마다 몸무게와 혈압이 정상인지 체크를 먼저하고 초음파로 태아 상태를 확인했다. 진료 후 건네주는 초음파사진을 선물처럼 귀하게 두 손으로 받아서 집에 오자마자 산모 수첩에 풀로 소중하게 붙였다. 태교 일기장도 따로 만들어서 나의 감정 일기와 감사 일기를 썼다. 아기가 태어나면 뱃속에서 함께했던 그날 그날의 감동을 전해주려고 꼼꼼하게 기록했다. 다를 것 없이 반복되는 하루여서 지루할 때도 있었지만, 행복한 상상을 하다 보면 하루가 후다닥 지나갔다.

임산부라면 균형 잡힌 식사가 기본이 되어야 한다. 심한 입덧으로 일상생활이 어려운 경우에는 입덧 방지 주사를 맞을 수도 있는데, 아기에겐 무방함에도 산모 대부분은 거부반응을 먼저 보인다. 나도 물 한 모금 먹지 못하고 엉금엉금 기어 다니면서도 최대한 주사를 거부하였다. 그러다 천장과 바닥이 뒤집히는 경험을 하고 나서야 입덧 방지 주사를 맞혀달라고 사정하며 애원했다.

내 경험에 의하면, 수액을 맞는 즉시 약이 들어가서인지 순간 편안했지만, 시간이 지나자 울렁거림이 반복되었다. 대신 신선한 과일은 비록 잠시이지만 내게 오아시스처럼 속을 편안하게 해줬다. 입덧은 시간이 약이라고 빨리 지나가기를 기다리는 수밖에 없다. 다만 태아에게 많은 영양소를 빼앗기는 임신 기간인 만큼 고단백과 질이 좋은 영양분을 섭취하는 게 우선이다.

특히 임신을 계획하고 있다면 보건소를 방문해 엽산 받는 일을 챙기기 바란다. 임신 전이라면 주민등록등본을 가지고 보건소에 방문하면 받을 수 있고, 임신 후라면 산모 수첩이나 임신 확인서로 받을 수 있다. 아기를 갖기로 마음먹은 산모는 3개월 전부터 엽산을 복용하고, 임신 확인 후 3개월까지 먹는 것이 좋다 한다.

엽산과 철분은 임산부가 필수로 먹어야 할 중요한 영양제다. 엽산은 태아의 뇌와 척추를 형성하는 데 필수적이었고, 철분은 산소를 운반하는데 필요한 헤모글로빈의 주요 성분이다. 조산과 빈혈을 방지하기 위해서 꼭 먹어야 했다. 엽산은 복용 시 부작용이 없는 반면, 철분은 종종 부작용으로 변비가 생기는 사람도 있다 한다. 나의 경우에는 철분을 먹은 후에 변 색깔이 검게 변해서 놀랐다. 교과서에서 배웠던 일들이 내 몸에 일어나고 있어 신기했다. 그런데 침과 물을 제대로 삼키지 못하는 심한 입덧으로 인해 변비로 고생하다 의사가 권하는 액상으로 바꾸고 난 후 해결되었다는 말을 덧붙인다.

임산부 카페에서 변비 안 걸리는 비법으로 유산균과 철분을 함께 섭취하라고 해서 여러 종류의 유산균을 알아봤지만, 가격이 천차만별이라 어느 것이 좋은지 선택에 어려움이 있었다. 대신 아주 간단한 방법이 카페에 경험담이라며 게재되어 있었는데, 아침마다 공복에 사과를 껍질째 먹으면 효과적이라 한다. 그동안 껍질째 사과를 먹질 않아 도전이었지만 당장 사과를 주문했다. 껍질 속에 변비 해소 성분이 들어있었는지 효과가 금방 나타났다. 변비가 심하면 무조건 물을 많이 마셔야 한다지만 물 한 모금조차 삼키기 힘든 입덧에 시달리던 나는 이 방법이 꽤 효과적이었다.

양수검사를
꼭 받아야 하나요?

여전히 엄마가 된다는 게 믿기지 않았다. 입덧으로 유독 냄새에 민감해지고, 아랫배가 늘어나려는지 콕콕 쑤시는가 하면, 자고 또 자도 잠이 쏟아졌다. 주말이면 한가하게 점심 먹고 나서 낮잠을 즐기던 남편을 이해하지 못하던 나였다. 그런데 막상 임산부가 되고 나니 일부러 티를 내는 것도 아닌데 점심만 먹고 나면 졸음이 쏟아져서 1시간씩 낮잠을 자야 했다.

임산부의 초기 생활은 입덧으로 제대로 먹지도 못하면서 먹고는 토하고, 그러다가 잠자고 할 정도의 체력만 남아있었다. 집안일이며 빨래, 설거지조차 할 기운이 없어 남편이 퇴근하고 오면 산더미 같은 집안일을 하느라 정신없었다.

임신하기 전부터 다양한 검사를 받았지만, 임신이 되고 난 후에도 여러 가지 검사가 기다리고 있었다. 임신하면 매일 행복하고 기쁜 일만 가득한 줄로 알았는데 속담처럼 '산 넘어 산'이라는 생각이 들었다. 병원에서 하는 모든 검사는 결과가 나오기 전까지 입안이 바짝바짝 타오르고 '정상'이라는 말을 듣거나 두 눈으로 확인해야만 안도했다.

임신 초기의 1차 기형아 선별검사는 12주 지나서 초음파 검사로 태아 목덜미 투명대를 관찰하고 혈액검사를 했다. 거우 1차 관문인 기형아 검사만 마쳤는데도 정상이라는 결과에 힘든 고비를 넘긴 것처럼 뛸 듯이 기뻤다.

그런데 우리 아기는 시험관 아기 시술로 임신했기에 양수검사를 받는 게 좋다는 안내를 받았다. 시험관 아기 시술이라고 반드시 양수검사를 해야 하는 것은 아니지만 미세수정일 경우에는 받아보는 게 좋다고 했다. 기형아 검사결과가 나쁘지 않기에 다행이라며 안심할 틈도 없이 양수검사를 해야 할지 말아야 할지 신중하게 고민했다. 선택은 우리의 몫이었다.

컴퓨터 앞에 앉아 인터넷에서 양수검사를 검색하고 올라온 정보와 문의하는 글들을 찾아 읽었다. 나팔관 검사처럼 말로 표현할 수 없을 만큼 아팠다는 후기는 없었지만, 대신 위험할 수 있다는 글들이 셀 수 없이 올라와 있어 양수검사가 망설여졌다. 어떻게 얻은 아이인데 검사를 받다가 잘못되면 어쩌나 하는 두려움이 앞섰다.

양수검사는 내 살짝 나온 배로 직접 큰 주삿바늘을 찔러 넣어 양수를 뽑아서 그 안에 있는 염색체를 직접 확인한다. 1차 기형아 검사도 정상인데 미세수정했다는 이유로 염색체 이상이 있을지 99.4%의 정확도를 알아야 하나 싶었다. 검사에 앞서, 나는 결과가 어찌 됐든 무조건 아기를 낳고 싶다고 남편에게 말했다. 그렇지만 남편은 내 생각과 조금 달랐다. 이기적인 남편의 말이 서운했다.

불안한 마음으로 출산할 때까지 가슴 졸이지 말고 검사받고 편안하게 임산부 생활을 하는 게 중요하다며 남편과 고민 끝에 양수검사를 하기로 결정 내렸다. 혹여나 검사결과에 문제가 있다면 어떡하느냐는 걱정부터 주삿바늘로 인해 세균에 감염되지나 않을지 하는 걱정까지 걱정 병이 꼬리에 꼬리를 물었다. 양수검사를 예약한 날이 다가왔어도 불안하기는 마찬가지로, 입이 바짝바짝 마르고 타는 느낌이었다. 이런 마음이 태아에게 전해질까 봐 더 미안했다. 건강한 아기를 낳는 게 우선이긴 하나, 내 뱃속에 자리 잡은 아기를 다양한 검사로 인해 힘들게 한다고 생각하니 어딘지 모르게 마음이 무거웠다.

양수검사를 하는 동안 바늘이 들어가는 고통은 적었지만, 검사결과를 기다리는 2주간이 마치 1년처럼 길게 느껴졌다. 주삿바늘에 세균이 감염될까 위험하니 샤워는 안 된다는 주의사항과 함께 이상이 생기는지 잘 살피라는 말에 검사하고 나서가 더 신경 쓰였다. 검사결과가 정상이라는 안내 문자를 확인 후에야 한시름 놓은 듯 안정을 찾았다. 볼록하게 나온 배를 쓰다듬으며 "건강하게 견뎌줘서 고맙다"라고 연신 아기에게 얘기해줬다.

일반적으로 양수검사는 노산일 경우나 1차 기형아 검사에서 이상소견이 발견되었을 경우 정확성을 알기 위해 하는데, 나의 경우는 조금 특별했다. 시험관 아기 시술이어도 양수검사가 필수는 아니었지만, 미세수정한 경우에는 병원에서 권했다. 우리는 불안정한 마음으로 출산까지 버티는 것보다 검사 시기에 맞춰 검사해보는 게 도움이 될 거라고 판단했다.

열 달 동안에 일어나는 모든 과정이 나 혼자가 아니고 뱃속 아기와 함께 완성해간다고 생각하니 한마음 한 몸이 되어 열심히 운동하고 태교해야겠다는 생각이 더 커졌다.

임산부라
약도 없는데

"오빠! 나 등 좀 긁어줘."

한밤중에 몸이 간지러워 잠에서 깼다. 잠든 남편을 흔들어 깨워 등 좀 긁어달라고 요청하지만 간지러움이 사라지지 않았다. 임신 중기가 되면서부터 몸이 달라졌다. 전체적으로 온몸의 피부가 건조해지면서 가려워 잠에서 깼고, 아기가 방광을 누르는지 소변이 자주 마려워 잠을 설쳤다.

자다 깬 남편은 귀찮은 듯이 눈도 뜨지 않고 "어디? 여기?" 성의 없이 더듬더듬 긁는 시늉을 했다. "아니, 거기 말고, 더 아래, 오른쪽, 아니 그 위…" 아무리 가려운 곳을 설명해도 가려운 곳을 찾아내지 못했다. 간지러운 나만 답답할 노릇이었다. 왜 효자손이 필요한지 이제야 알았다.

임신 중기가 넘어가면서 가려움으로 밤잠을 설쳤고, 한번 잠을 깨면 다시 잠들기가 어려워 늘 잠이 부족하고 피곤했다. 아기를 뱃속에 열 달을 품고 있는 산모의 고충을 내가 겪어보기 전에는 몰랐다. 그저 임신하면 저절로 배가 나오고 때가 되면 아기를 출산한다고 생각했다. 사람마다 생김새가 다르듯 임산부가 되면서 배가 나오는 속도도 다르고, 임신에 따른 여러 증상도 셀 수 없이 많았다.

임신으로 면역체계가 무너지면서 몸의 균형이 깨지자 심한 입덧과 피부 가려움증으로 나타났다. 본래 피부가 건조해서 미리 보습에 신경 쓰고 있었는데, 겉으로 보이는 피부병은 외출할 때 전염병인가 의심될 정도로 남의 이목이 신경 쓰였다. 내가 겪은 피부병은 임신 가려움증과 유사한 증상으로 보였지만 약간 달랐다. 도장 크기로 동그란 반점이 생기면서 물집이 잡혔다. 붉게 드러난 자국을 안 긁고는 미칠 정도의 간지러움이었다.

아토피도 없던 나였지만 임신 후로 몸의 이곳저곳에 변화가 나타났다. 아무리 인터넷에 정보를 검색해도 나와 똑같은 증상을 가진 사람은 없었다. 그래도 간지러움으로 고생하는 산모는 많아 임산부의 증상이라 믿었다. 간지러움을 참지 못해 긁으면 금방 물집이 생기고 터질 듯 부풀었다.

정기적으로 다니던 산부인과를 찾아 진료를 받아도 돌아오는 답변은 똑같았다. 병원에서 처방받은 약은 없었고, 대신 임산부 오일과 튼살 크림을 추천받았다. 간지러움을 참는다는 게 얼마나 고통스러운 일인지 전에는 몰랐다. 최대한 긁지 말라고 해서 간지러운 부위를 꼬집기도 하고 얼음찜질을 해도 그때뿐이고 전혀 나아지지 않았다. 유명한 피부과를 찾아도 임산부라는 이유로 어떤 처방도 받지 못했고, 최대한 부위를 차갑게 냉찜질하는게 좋다고만 했다. 다만 출산하면 저절로 낫는 병이니 출산하는 날만 손꼽아 기다려 보는 게 좋다고 말하니 답답할 뿐이었다.

몸이 가려우니 정신적으로 버티기 힘들어지자 조급해졌다. 시도 때도 없이 가려워서 남편이 없을 때는 벽에 등을 대고 가려운 곳을 문지르기도 했다. 특히 여러 사람이 모이는 자리에 가면 긁지도 못하고 난감했다. 최대한 간지러운 곳을 꼬집고 눌러봐도 잠시 그때뿐이었다. 태교를 자나 깨나 열심히 했는데 몸이 따라주지 않으니, 열정이 떨어졌다. 열심히 하던 퀼트도 등을 기대어 앉아서 했는데 간지러워서 한 자세로 바느질할 수 없었다. 클래식 음악을 틀어놓고 태교 동화를 아가에게 읽어주는 일도 집중하기 어려웠다.

그나마 임산부 요가가 있어 외출해서 신경을 밖으로 돌리니 덜 가려웠다. 찬바람을 맞으며 걷고, 버스와 지하철을 갈아타면서 이동하는 동안 세상 구경과 사람 구경을 하니 좀 나아졌다. 무슨 일이 있어도 출산은 자연분만을 하겠다는 마음으로 요가 수업은 빠지지 않으려고 노력했다.

임신 중기에서 후기로 갈수록 느슨해진 마음을 돌아보라는 의미라 생각하고 먹는 것도 더 조심해서 먹었고, 주변을 더 살폈다. 마음을 편안하게 내려놓고 뱃속 아기의 태동에 반응하며 대화를 하는 시간을 오래 가졌다. '이 또한 지나가리라'라는 말로 매일 버티며 마음을 다스렸다. 그러다 보니 시간이 흘러 출산예정일이 가까워졌다.

아기를 기다리는 동안 있었던 일들이 한 편의 영화처럼 흘러갔다. 임신 실패로 자주 울었던 일, 남편과 병원 다니면서 자주 다퉜던 일, 가족들 모임에서도 늘 불편함의 주인공이 되었던 일들이 무심히 지나갔다. 이제 아팠던 과거는 흘려보내고 곧 태어날 아이와 함께 할 행복한 우리 집을 상상했다.

꿈동아,
고마워!

　　아침에 눈을 뜨자마자 손을 뻗어 머리맡에 놓인 산모 수첩을 들어 펼쳤다. 콩알보다 작던 내 아이가 조금씩 사람다운 형태로 변하는 모습이 신기할 따름이었다. 초음파사진을 들여다보다가 문득 아랫배에 어떤 변화가 생겼는지 볼 겸 전신거울 앞에 섰다. 아무리 임산부라 해도 몇 개월이 지나야 표시가 날 정도로 배가 나온다고 했는데, 지금 나온 배는 그냥 똥배인데도 아기 배라고 믿고 싶었다. 아랫배를 힘줘서 내밀어보았다 내리기를 반복하며 즐거운 상상놀이를 즐겼다.

　　아침저녁으로 잊지 않고 배 위에 손을 얹고 자연스럽게 쓰다듬으며 말을 건넸다. 아직 태동이 느껴지지 않는데도 먼 미래를 꿈꾸면서 "무럭무럭 잘 자라라"라고 속삭였다. 혼자 있어도 뱃속 아기와 두런두런 얘기를 나누면서 나 자신에게 큰 위로가 되었다.

오늘 해야 할 일과 소소한 일상에 대해 알려주었고, "아가, 네가 와줘서 고마워"라는 말을 빠뜨리지 않고 매일 들려줬다.

한동안은 "아가 빨리 보고 싶다"라는 말을 틈나는 대로 했는데 주변에서 좋지 않다고 했다. 왜냐면 뱃속 아기와 엄마는 탯줄로 연결돼 있어 엄마가 하는 생각이나 말을 듣고 자라는데 40주를 채우지 못하고 세상 밖으로 나올 준비를 한다는 말을 듣고는 당장 멈추었다. 좋은 말, 좋은 생각만 해도 바쁜 하루인데 안 좋은 것은 되도록 피했다.

임신을 계획한 후에 진즉에 만들어 둔 태명을 부르는 날을 손꼽아 기다렸다. 막상 태명을 부르려니 어색하고 낯간지러웠다. 내 입에서 나오는 목소리이지만 귀로 전달되는 음성이 떨렸다. 내가 지은 태명인 '꿈동이'는 희망 가득한 미래에 꼭 필요한 반짝거리는 등불 같은 아이를 상상하며 지었다. "꿈동아, 우리 건강하게 만나자"라고 틈나는 대로 아기에게 속삭였다.

아무것도 먹지 못해 탈수 직전까지 갔던 입덧이 조금씩 잦아들었다. 여유롭게 시작한 아침에 모차르트의 태교 음악 CD를 들으니 마음이 한층 상쾌해졌다. 햇살이 비쳐드는 창문을 열어 환기하고, 소파에 앉아 배를 문지르면서 태담을 건넸다. "꿈동아, 잘 있니?"로 시작해서 아침밥으로 엄마가 뭘 먹었는지 알려주었다. 언제 엄마한테 인기척 할 거냐며 태동을 느껴보고 싶어서 재촉했다.

임신 카페에서 들은 정보로는 임신 17주 차가 되면 태동이 느껴진다고 들었으면서도, 이미 반응했는데 내가 느끼지 못했는가 싶어 애가 탔다. '엄마는 마른 편이지만 예민하지 않아서 너의 태동을 느끼지 못하는 둔한 엄마일 수도 있어. 그러니 네가 조금 힘차게 엄마한테 반응해주면 좋을 것 같아'라며 다정하게 얘기했다.

그러던 어느 날 저녁, "으악~~ 오빠!" 하고 소리쳐 남편을 불렀다.

"여기 만져 봐."

흥분해 말하는 동시에 내 배로 남편 손을 끌어당겨 올려놓았다. 나는 여린 진동이 느껴지는데, 남편은 눈을 동그랗게 뜨고 영 모르겠다는 표정이다. 뱃속에서 뭔가 꼬물거리고, 꿈틀거리면서 간질거리는 듯했다. 17주 이틀째 되던 날, 저녁을 먹고 소파에 누워 텔레비전을 보다가 감지한 첫 태동이었다.

꼬물꼬물 몇 번 신호를 보내더니 태동이 느껴지지 않았다. 애타는 나와 남편은 뱃속에 대고 계속 말을 걸었다. "꿈동아, 그 안은 답답하지? 엄마랑 아빠랑 너를 많이 기다리고 있어. 건강하게 열 달 꼭 채우고 만나자"라고 말을 건넸다. 그러자 알았다는 듯이 발로 미는지 손으로 미는지 배꼽 오른쪽에서 다시 느껴졌다. 이번에는 제대로 전해졌는지 남편이 기절하는 듯이 놀란 표정이었다가 슬그머니 얼굴에 미소가 번졌다.

임신 주차가 지날수록 뱃속 꿈동이의 움직임은 거침없이 활발해졌다. 뱃속 아기로부터 자신의 존재를 알리는 신호가 느껴지니 더 임산부라는 느낌이 들었다. 호르몬 탓인지 몰라도 기분이 오르락내리락해도 뱃속 아이도 느끼는지 움직임이 강약으로 달라졌다. 주말에 조금이라도 무리하면 아랫배를 단단하게 뭉치면서 얼른 쉬라고 내게 신호를 보냈다. 내가 아기를 지켜주듯 아기도 나를 지켜주는 이심전심이 느껴졌다. 왜 모성애가 생기는지 몰랐는데, 아기를 지켜내는 모체이기에 남다를 수밖에 없다고 인정했다.

임신 후기로 접어들면서 태동 자체도 잦아지고 강도가 세졌다. 배는 갈수록 더 불러왔고, 동그란 배가 한쪽으로 치우치기도 하고 반듯하게 누워서 잘 수 없을 정도였다. 침대에 누웠다 일어날 때도 한 번에 일어나지 못하고 천천히 다리를 아래로 내리고 한 손을 옆으로 짚으며 일어나야 했다.

제대혈과
자연분만을 위한 요가

　　막달 9개월에 들어서니 배가 갑자기 나오면서 몸무게가 늘고 아랫배 쪽이 빨갛게 갈라지기 시작했다. 이게 살 트는 건가 싶어 바르던 튼살 크림을 더 듬뿍 발라도 지렁이가 기어간 자국처럼 선홍빛 피부가 드러났다. 그동안 관리가 되던 체중도 한 달 사이 4kg이 늘었다. 매번 정기진료마다 혈압과 몸무게를 재는 것도 임신 중의 변화를 살피기 위함이었는데, 의사는 갑자기 늘어난 내 몸무게를 꼬집었다. 다행히 임신중독증은 없었기에 원하던 대로 자연분만으로 낳겠다는 마음은 변함없었다.

　　임신을 확인하고서 기쁘기도 했지만, 무엇보다 건강한 아이를 낳고 싶은 마음이 컸다. 가장 기억에 남는 검사는 처음으로 받는 1차 기형아 검사였다. 정밀 초음파 검사로 입체 초음파도 찍어주고, 심장 소리도 듣고, 피검사까지 받는데 태아 목 투명대 검사

(NT 검사)로 다운증후군 위험을 진단하는 검사였다. 결과가 나오기까지 남편과 정말 숨죽이고 기다렸고, 정상이라는 소견을 받고 나서 말할 수 없이 기뻤다.

사실 우리 부부는 임신이 되기 전에 주변에서 기형아 검사를 받고 이상소견을 받는 분들의 이야기로 진술하게 대화를 나눴던 적이 있었다. 만약에 기형아가 의심된다는 소견이 나온다면 어떻게 할 거냐는 대화였다. 정말 생각하기도 싫은 거였지만, 그렇게 된다면 어떻게 해야 하나 심각했었다. 그런 일이 있었기에 기형아 검사가 더 두렵고 떨렸었다.

입덧은 날이 갈수록 심해지고 태동이 시작되면서 아이의 존재가 확실히 느껴지니 엄마가 된다는 게 이런 거였구나 생각했다. 홀몸일 때는 그렇게 하루가 무료하고 지루하더니 임신하고 나서는 지루할 겨를 없이 빠르게 흘러갔다. 드디어 2차 기형아 검사를 받을 때가 되었다. 모든 검사는 결과가 나오기까지 불안하기 때문에 긴장됐다. 거뜬하게 2차 기형아 검사를 무사히 마쳤지만, 다시 양수검사가 기다리고 있었다.

고위험 산모에게 해당하는 양수검사였지만 나는 시험관 아기 시술로 미세수정을 했기 때문에 검사 여부를 우리가 결정해야 했다. 우리는 남은 임신 기간을 불안하게 보내지 않으려면 검사를 받는 것이 좋겠다는 판단을 했다. 의사 선생님께서 신중하게 진행해주셔서 양수검사를 무사히 잘 끝낼 수 있었다. 가장 잘한 사람은 내가 품고 있는 양수 속의 아기였다. 무섭고 힘들었을 텐데 잘 견뎌줘서 기특했다. 역시나 긍정적인 마음으로 믿으니 하나하나 순리대로 풀려갔다.

임신 중기에 접어들면서 점점 아기도 잘 크고 있어서 그런지 배도 볼록 나왔다. 엄마는 먹지 못해도 아기는 잘 자란다고 하더니 정말 그랬다. 아기는 임신 주차에 맞게 무럭무럭 잘 자랐고, 태동이 잘 느껴지는 게 무척 씩씩한 아이였다. 매일 나누는 태담과 태교로 하루하루가 바빠졌다. 매일 아침 클래식 음악을 들려주고, 동화책을 읽어주면 태동이 부쩍 심해졌다. 부지런한 성격인지 밤에 태동이 느껴져서 잠을 깰 때도 있었다.

주기적으로 병원에 다니면서 임산부들 틈에 있으니 정말 행복했다. 난임을 겪을 때는 얼마나 임산부가 되고 싶었는지 모른다. 임산부가 되어 산부인과에 올 때마다 혈압을 재고, 몸무게를 체크해서 수첩에 꼼꼼히 적었다. 그리고 대기실에 앉아 내 차례를 기다려 진료를 받았다.

이 시기에 4D 입체 초음파 검사가 있었는데 태어날 아기의 얼굴, 손, 발 등 주로 외형을 확인하는 검사였다. 아기의 입체 초음파사진을 보니 정말 신기했다. 쪼그마한 화면에 진짜 아기의 얼굴이 보였다. 오물오물 입도 벌리고, 손가락 발가락도 보여주니 하루빨리 아기를 만나고 싶었다. 4D 입체 초음파 검사를 통해서 태아의 위치나 크기, 심장 박동 여부를 관찰하고 아기의 장기들이 정상적으로 발달하고 있는지 확인하는 중요한 검사였다.

임신 36주에 들어서니 산부인과는 막달 태동 검사와 피검사, 소변검사, 심전도 검사를 시작하는데 배가 자꾸 뭉쳤다. 뭉치는 증상이 잦아질수록 분만이 다가온 것 같아 가슴이 뭉클해졌다. 이제 아이를 어떻게 낳아야 할지를 고민해야 한다니 신기했다. 자연분만, 가족분만, 무통분만, 유도분만, 수중분만으로 다양한 가운데 내가 선택할 수 있었다. 다만 의사는 분만 방법은 산모가 강력하게 선택해도 태아의 상태에 따라 위급상황 시 제왕절개를 해야 할 수 있다고 설명했다.

그리고 예전에는 없던 신의학 기술의 발달로 생겨난 제대혈 보관을 선택해야 했다. 제대혈은 출산할 당시 태반과 탯줄에서 채취하는 혈액인데, 그 안에 줄기세포에 있는 성분으로 아기가 태어나서 나중에 난치병에 걸렸을 때 치료에 도움이 된다고 했다. 대신 출산 전에 미리 선택을 결정해야 했다.

초음파로 태아의 건강상태를 확인하기는 했어도 아직 태어난 후의 건강상태를 모르기에 후천적으로 어떤 일이 벌어질지 모르니 훗날을 생각한다면 무조건 제대혈을 보관해야 할 것처럼 들렸다. 꼭 필수는 아니었지만 듣고 나니 쉽게 지나칠 수도 없었다. 우리 부부뿐만 아니라 막달 검사를 하러 온 만삭의 임산부들이 제대혈 상담 코너에서 서성이는 모습이 보였다. 뭔가 선택해야 하는 갈림길에 설 때마다 귀가 팔랑거려서 잠을 설쳤다. 남편과 상의 후에 귀하게 얻은 아이인데 만약을 대비해서 제대혈을 보관하기로 했다.

예부터 자연분만으로 아이를 낳아야 아이도 건강하고 산모도 빨리 회복된다는 말을 수없이 들었던 터라 나는 반드시 자연분만으로 아기를 낳겠다고 결심했다. 무엇보다 사촌 언니가 제왕절개를 했었는데 일주일간 고통을 호소하는 모습을 본 이후 무슨 일이 있어도 제왕절개는 하지 않겠다고 다짐했다.

많은 임산부가 희망하는 출산의 방법은 모두 자연분만을 손꼽았다. 하지만 임신만큼이나 분만도 신이 내려준 선물이라고 들었다. 자연분만은 골반이 크고 타고나야 순산할 수 있다고 하지만, 막상 분만 후기를 들어보면 각양각색이었다. 아무리 임산부 요가를 해도 아기가 거꾸로 자리 잡고 있어서 수술하기도 하고, 골반이 열리지 않아서, 양수가 너무 빨리 터지는 바람에 응급으로 제왕절개를 한다고도 했다.

분만에 대한 두려움이 임신 후반기로 갈수록 슬슬 다가왔다. 순산하기 위해서 임산부 요가도 일주일에 두 번을 다녔으니 자연분만은 거뜬하기를 바랐다. 가장 좋은 방법은 요가를 남편과 함께 배워서 저녁마다 서로 호흡하면서 스트레칭하는 것이라 했다. 하지만 남편은 파트너와 마주 보고 앉아서 골반을 늘려주는 운동을 하자고 조르면 조금 도와줄 뿐 요가에 관심이 없었고, 분만하는 방법에 대해서도 관대했다. 대신 겁이 많아서 잘못할까 봐 무섭다고 했다.

중기부터 시작한 임산부 요가는 의외로 재미있었다. 일반 요가와 거의 흡사한데 핵심은 뱃속 아기가 뭉치거나 숨이 차면 몸을 곧바로 풀고 편안하게 누워서 숨을 가다듬었다. 임산부 교실에 온 산모들도 임신 주차가 모두 달라 강사가 알려줘도 몸에 맞게 적당히 흉내만 내면서 따라 해야 했다.

홑몸일 때 하던 요가는 이를 악물고 몸을 늘이고 참고 견뎌야만 몸에 땀이 나면서 운동한 보람이 있었다. 하지만 임산부 요가는 자연분만이 목적이기 때문에 과격하고 난이도 있는 운동이 없고, 대부분 스트레칭 위주였다. 대신 자연분만에 도움 되는 출산할 때의 호흡법과 분만할 때의 유의 사항을 미리 들을 수 있어서 미리 경험하는 느낌이었다.

배가 나올수록 침대에서 누웠다가 일어나는 것도 쉽지 않았다. 만삭이 되니 반듯하게 누워서 자는 일은 있을 수 없는 일이었다. 이쪽으로 누워 자다가 반대쪽으로 돌아누워서 자기 위해 침대에서 일어날 때는 한 박자 쉬었다가 숨을 고르면서 천천히 일어나야 했다. 태동은 갈수록 세지고 거칠어졌다. 양수 안에서 놀고 있어서 좁게 느껴지는지 자주 뭉치면서 밀어냈다. 자신의 존재 자체를 확고하게 알렸다.

저녁마다 남편이 분만 호흡법을 연습할 때 함께 해주면서 자신감이 생겼다. 요가 선생님이 분명 출산이 쉽지는 않지만, 엄마만 힘든 것이 아니라면서 아기와 함께 호흡하는 공동 작업이라고 했다. 뱃속 아이도 세상 밖으로 나오고 싶어서 엄마보다 수십 배는 힘든 고통을 참고 있으니 절대 소리 지르지 말라고 했다. 요즘 분만실에는 "아~, 아파~, 엄마~, 살려줘~"라고 소리 지르는 사람이 없다고 아기 놀라게 하지 말라고 신신당부했다.

무슨 일이 있어도 호흡법을 놓치지 않고 기억하려고 되새겼다. 참을 수 없는 고통이 와도 절대로 정신 놓지 않겠다며 막달을 보냈다. 떨리는 마음과 설레는 마음이 교차하면서도 아기 만날 날을 손꼽아 기다렸다.

드디어 막달 검사를 마치고, 진통이 오면 언제든지 분만실로 오라는 의사의 자세한 설명까지 듣고 집에 돌아와서 기다렸다. 언제 올지 모르는 가진통을 기다리면서 온몸의 세포들을 깨웠다. 하지만 분만 예정일이 하루 이틀이 지나도 가진통이 없었다. 초산이라 늦어지나 싶다가도 시험관 아기 시술로 생긴 아기라서 분만 예정일 계산이 틀렸나 곰곰이 생각했다. 기다리다 병원으로 전화를 하니 그럴 수 있다면서 느긋하게 기다리라고만 한다.

그럼에도 안심하지 못하고 계속해서 불안감을 토로하자, 병원에서는 그렇게 불안하면 유도분만을 하는 게 좋다고 했다. 시간이 갈수록 아기는 계속 커지고, 그러면 자연분만을 하지 못할 가능성이 커진다는 말을 들으니 유도분만을 해야겠다는 확신이 더 커졌다. 신중한 마음으로 남편과 상의해 우리 부부는 유도분만을 하기로 예약했다.

　　드디어 "꿈둥이"를 만난다는 부푼 희망을 안고 힘차게 산부
인과로 향했다.

함께해준
그 사람

결혼하고 나서 가장 좋았던 점은 영원한 내 편이 생겨 든든하고 또 매일 붙어 지낼 수 있다는 사실이었다. 어떤 고난과 역경이 들이닥쳐도 둘이 함께라면 거뜬하게 물리칠 수 있을 거라 믿었다. 하지만 그것은 잠깐의 환상이었을 뿐, 난임이라는 끝이 보이지 않는 어두운 터널을 지나면서 우리 부부는 전쟁하듯 하루하루 싸웠다. 서로 버티기 힘들고 아프다는 것을 알고 있음에도 가시를 세우는 고슴도치처럼 상대를 찔러대기에 바빴다. 지금의 고통이 이 인간 때문이라며 아무도 없는 곳, 나를 찾지 못하는 곳으로 꼭꼭 숨고 싶은 마음이 들 때도 있었다.

우리 역시도 다른 연인들과 마찬가지로 뜨거운 사랑에 빠져 잠시라도 헤어지는 순간이 싫어 결혼했다. 무엇보다 나는 결혼하면 가부장적이고 고지식한 아버지의 울타리에서 벗어날 수 있다고 생각하니 그동안 납작하게 억눌려있던 마음이 풍선처럼 부풀어 깃털처럼 가벼워졌다. 앞으로는 모든 선택에 있어 무조건 "안돼"라고 했던 아버지에게서 벗어나 마음대로 내가 선택할 수 있다고 생각하니 "야호" 소리와 함께 미소가 절로 나왔다.

결혼은 인생의 동반자라고 때로는 친구처럼 연인처럼 편안하게 감싸주고 행복한 부부가 되기로 약속했다. 내 말에 언제나 귀 기울여주고 관심 가져주는 남편은 마치 백마 탄 왕자처럼 나를 구해주러 왔다고 생각했다. 내가 선택한 이 남자는 그동안 살아왔던 것과는 다른 인생으로 꽃길을 걸으며 살게 해줄 거라 믿었다. 구름 한 점 없는 파란 하늘을 보면 꼭 우리 모습처럼 평화로운 신혼부부였다. 우리 둘 사이는 아무런 문제가 없이 행복하게만 살 거라 믿었다. 어떤 말을 들어도, 누구도 우리를 갈라놓지 못할 거라며 싸워 이겨낼 힘도 있었다.

그런데 애 없이 살다 보니 주변에서 이상한 소문들이 심심찮게 들렸다. 앞집에 사는 노부부가 우리를 바라보는 눈빛이 모든 걸 말해주고 있었다. "젊은 부부여도 몸에 이상이 있는 게 분명해", "여자 문제야, 남자 문제야"라며 하루에도 여러 차례 들려오는 주변의 수군거림이 불편했지만 견딜 수 있었다. 혼자가 아니었기에.

내가 직접 들어야 할 아픈 말들을 그 사람이 중간에서 막아준다는 걸 알았다. 직장생활 하면서 험하고 애꿎은 소리를 들었어도 집으로 돌아올 때는 아무런 내색조차 하지 않았다. 사소한 문제가 발생해도 내 귀에 들리지 않게 손수 해결하려 발 벗고 나섰다. 언제나 편안한 가정을 만들려고 노력하는 모습이 그 사람의 사랑표현이었다. 드라마에서처럼 결혼해서 손에 물 한 방울 묻히지 않겠다는 약속은 못 하겠지만 돈 걱정 없이 편안하게 살게 해주겠다는 프러포즈 약속을 지키려 애쓰는 현실적이고 이성적인 사람이었다.

이렇듯 신혼 초 우리 부부는 아무 문제가 없는데, 시댁에 다녀오면 자주 다퉜다. 뭔지 모를 어머님의 눈치를 봐야 했다. 마치 내가 아들을 가로채기나 한 것처럼 어머님은 아들을 빼앗겼다며 투덜거렸고, 퇴근하면 금방 대문을 열고 들어올 것 같다며 서운해 하셨다. 그렇지 않더라도 시댁이라는 이름만으로 낯설고 소외감이 들게 했지만 그런 나를 남편이 편들어주었다. 언제나 가까이에서 가로등처럼 환하게 나를 비춰주었다. 항상 나만 바라봐주고, 얼굴에 그늘만 조금 생겨도 무슨 일이냐며 나서줬다.

이상하게도 시댁은 친해진 것 같다가도 언제 그랬냐는 듯 나 홀로 서 있는 기분이었다. 나만 성씨가 다른 집단이라 그런가? 결혼은 둘이 같은 곳을 향해 바라보며 사는 거라고 장담했지만, 점차 바라보는 위치도 달라졌고 원하는 게 달라져 있었다. 결혼하면 자유가 보장될 줄 알았는데 혼자만의 자유로운 선택은 없고 무조건 함께였다.

무엇보다 거듭되는 임신 실패에 내 존재의 가치가 한없이 작고 나약해졌다. 눈물샘이 고장이 났는지 때와 장소를 구분하지 못하고 눈물을 보였다. 밥 한 숟가락을 뜨다가도 울고, 드라마를 보다가도, 전화통화를 하다가도 이유 없이 눈물이 흘러내렸다. 사춘기 소녀야 마음이 여려서 운다지만 어른이 돼서 운다는 것은 분명 정상이 아니었다.

그런 나를 그 사람은 아무 말 없이 묵묵히 지켜봐 주었고, 들쭉날쭉 시소 타는 마음들을 이해하려 노력했다. 말을 할 수 없어서가 아니라 참고 견뎌내고 있다는 게 느껴졌다. 그 사람은 나보다 백배는 더 힘들다는 것을 뒤늦게 알았을 때 가슴 저리도록 미안하고 아팠다. 어린애처럼 철없던 나는 오로지 내 생각만 했었다. 그를 따뜻하게 품어주는 보금자리가 되어주지 못했던 내가 싫었다.

난임을 겪으며 다행이었던 것은 부부 사이가 더 돈독해지는 전우애를 느끼게 해주었다는 점이다. 때론 외나무다리에서 만난 원수보다 더 미울 때도 있을 테지만. 잊지 말아야 할 것은 혼자만의 힘으로는 절대 아이를 가질 수 없다는 사실이다. 남편과 아내라는 책임하에 똘똘 뭉쳐 한 팀을 이루어 세상에 맞서 싸워 이겨내야 한다. 육체적, 정신적으로 지치고 힘들수록 서로 힘을 합치는 협동 정신을 발휘해야 한다. 결혼식장에서 들었던 주례사처럼 검은 머리 파 뿌리가 될 때까지 어떤 어려움일지라도 운명처럼 받아들이고 극복해 가야 한다.

난임 부부들에게 드리는 글
희망의 끈을 놓지 않기

햇살 따스한 어느 봄날, 우리는 운명처럼 만났다. 그때 우리는 서로의 눈빛에서 반짝이는 희망을 보았다. 비록 지금은 가진 것 없이 가난할지라도 우리의 삶을 얼마나 아름답게 만들지 상상했다. 연애할 때부터 우리는 결혼하면 어떤 집에서 살고 싶은지, 아이는 몇이나 낳고 싶은지 가족계획을 세웠다. 남편은 팔불출이라고 놀려도 귀여운 딸을 원했고, 나는 듬직하고 남편 닮은 아들을 원했다. 야무지게도 아들 하나, 딸 하나를 낳아 남자 둘, 여자 둘로 구성된 단란한 4인 가족을 머릿속에 떠올렸다. 마당이 딸린 2층으로 된 단독주택에 장미 넝쿨이 만발했을 때 아들, 딸과 함께 놀고 있는 모습이었다. 결혼 후 한순간도 이 그림을 잊은 적은 없었다.

그런데 평범한 보통의 가족처럼 살아가려던 우리의 꿈은 난임이라는 벽에 부딪혔다. 20대 후반에 우리 부부에게 닥친 난임이라는 진단은 가혹했고, 인정할 수 없었다. 불임 진단을 받고 진료실을 나오는데 온 세상이 얼음장처럼 냉랭하고 고요했다.

그동안 하루빨리 아기를 낳고 싶은 마음에 우리는 수많은 검사를 받고 시술 과정을 거치면서 자주 지치곤 했다. 병원을 옮겨다니면서 나팔관 조영술과 정자검사를 받는 동안 나의 생체 나이와 난소 나이가 급격히 올라갔고, 남편의 정자 운동성이 나빠졌다는 검사결과를 들어야 했다. 그동안 원인불명의 난임이라 답답했었는데, 그나마 원인이 밝혀져 다행이라는 생각이 들면서도 왠지 모를 불안감으로 마음은 복잡하기만 했다. 아이를 갖기 위해 노력하는 동안 얼마나 심적 고통이 있었는지, 그로 인해 건강했던 정자가 나빠졌다고 생각하니 마음이 아프면서도 어쩌면 우리에게 영영 임신이 허락되지 않을 것만 같은 불안감도 없지 않았다.

사실 내가 임신이 되지 않아 병원에 다닐 때만 해도 '난임'이라 말하지 않고 '불임'이라고 진단을 내렸다. 그 말이 마치 고칠 수 없는 불치병처럼 들렸다. 그 말을 감히 내 입에 담기조차 꺼려졌다. 지금은 때가 아니라고 생각했고, 기다리면 언젠가는 꿈은 이루어질 거라 믿었다. 하지만 자녀 계획은 뜻대로 되지 않았다. 몇 살에 아이를 가져서 낳고, 몇 살 터울로 아기를 낳겠다는 계획은 크게 빗나갔다.

난임 부부가 되면서는 제발 한 명이라도 아이를 내 품에 안게 해달라고 간절하게 기도하고 또 기도했다. 무엇보다 난임을 겪고 있다는 사실을 우리 부부 외에 다른 사람이 안다는 것이 자존심 상해 임신이 잘 안 된다는 사실을 철두철미하게 숨기고 싶었다. 그렇게 속 타는 마음을 은밀하게 숨긴 채 느긋하고 태연한 척한 것이 오히려 나를 지치게 했다. 처음부터 이 문제를 피하지 말고 주변에 알렸어야 했다. 괜한 오기로 쓸데없이 시간과 금전을 낭비하지 말고, 좀 더 일찍 우리 부부에게 맞는 병원을 찾아갔더라면 이렇게 고생하지 않았을 일이다.

자연임신으로 꼭 낳고야 말겠다는 집념으로 긴 시간과 엄청난 돈을 낭비했다. 막연하게 임신을 기대하는 사이 우리 부부는 한 살 두 살 나이가 늘어났고, 몸은 점점 안 좋아졌다. 반복되는 임신 실패는 내게 가장 큰 스트레스였다. 결혼한 새댁은 빨리 임신하고 출산하여 손주를 품에 안겨드려야 한다고 생각했다.

시간은 빠르게 흘러 한 해를 마무리하는 날을 맞이하면 계획대로 되지 않는 현실에 다시 한번 무너졌다. '앞으로 어떻게 살지?'라는 물음들과 불안감만 산처럼 쌓여갔다. 그러면서도 우리 부부는 "괜찮아", "그럴 수도 있지", "다시 하면 되지", "이유가 있을 거야", "다시 해보자"라며 애써 태연한 척 서로를 위로했다. 먼저 포기하지 않도록 예민하게 눈치껏 살펴야 했다. 신은 감당할 수 있는 시련만큼만 아픔을 주시는 거라며 아등바등 간신히 버텼다. 불길한 예감이 종종 올라왔지만, 오히려 지금 내가 겪고 있는 상황과 현실은 나를 단단하게 만들기 위함이라고 믿었다.

해결되지 않는 막연한 숙제를 해내려고 애쓰는 마음이 돌덩이처럼 무거웠다. 감내하기 어려운 감정이 솟아올라 마음이 흔들릴 때마다 빨간 덩굴장미가 화려하게 핀 정원에서 해맑은 미소를 지으며 뛰어노는 남매를 의식적으로 떠올렸다. 밝은 햇살 속에 눈부시게 빛나는 부부는 흔들의자에 앉아 행복한 이 순간을 즐기며 흐뭇하게 미소 짓고 있었다. 금방이라도 그런 아이들이 나타나 함께 뛰어놀 생각만 해도 마음이 바빠졌다.

하지만 계속되는 임신 실패와 좌절 속에서 다시 일어서기란 쉬운 일이 아니었다. 내가 꿈꾸던 결혼생활은 아기를 낳아서 행복한 가정을 꾸리면서 사는 거였는데 점점 자신감이 사라져갔다. 내가 희망과 절망 사이에서 정처 없이 흔들릴 때 나를 붙잡아 살려준 곳이 있었으니, 바로 나와 같은 고민을 하는 사람들이 모여 있는 난임 카페였다.

온라인 세상의 커뮤니티인 난임 카페는 대부분이 익명으로 활동하기 때문에 나이도, 얼굴도, 사는 곳도 알 수 없지만, 내가 상처받은 마음을 치유 받을 수 있는 유일한 안식처였다. 내가 처음으로 과배란 유도를 위해 자가 배 주사를 맞을 때를 잊을 수 없다. 주사라고는 치를 떨던 나였지만 어디서 그런 용기가 생겼는지 할 수 있다고 처방받아 오고 나서 후회막심이었다. 내가 못하겠다고 고백하면 남편이 당연히 주사를 놓아줄 거라고 믿었는데, 정작 내가 주사를 맞는 모습을 쳐다보지도 못하는 겁쟁이였다. 이때에도 난임 카페에서 읽은 배 주사를 안 아프게 놓는 법에 대한 글들이 꽤 도움이 됐다. 그밖에도 인공수정과 시험관 아기 시술에 관한 유용한 정보도 많았다. 병원에서 진료를 받으면서 궁금했던 부분을 게시판에 물어보는 즉시 빠른 답변과 처방까지 알려줬다. 또한 임신이 안 되어 외톨이로 살아가던 내가 고민하는 글에는 메아리처럼 정성 가득한 댓글이 달려 올라왔는데, 그걸 읽고 있으면 위안이 되면서 잔뜩 움츠러들었던 마음이 활짝 열리기까지 했다. 그것 모두가 치유의 시간이었다.

그렇게 언제나 든든한 내 편이 되어주는 난임 카페였다. 인생은 저마다의 이야기가 있듯이 내가 겪은 난임은 새 발의 피처럼 느껴질 정도로 시험관 아기 시술 횟수와 반복되는 유산으로 괴로워하는 글들을 읽으며 마음을 다잡고 다시 일어설 수 있었다. 아무리 시대가 급변하고 의학 의술이 발전되었다지만, 여전히 아기를 낳고 싶어도 생기지 않는 부부들이 많다. 남들에게 쉬운 임신이 그저 우리에게는 약간 더디고 어려울 뿐이지 절대 포기하지 않으면 반드시 해낼 수 있다는 희망까지 얻었다.

내가 처음 산부인과에 홀로 찾았을 때 자격지심이겠지만 임산부들이 들고 있는 수첩과 임부복이 어찌나 부러운지 당장 내 것으로 만들고 싶었다. 하지만 현실은 냉혹하기 그지없었다. 임신이 안 돼서 찾았다는 내 말에 의사는 정해진 코스인 듯 먼저 배란일을 잡아보자고 했다. 그 다음은 과배란을 해보자는데, 우리는 이미 난임 병원의 안내서에 나온 순서를 따르고 있었다.

어디 그뿐인가. 주변에서 임신에 좋다는 건 빠뜨리지 않고 시도했다. 다양한 민간요법을 따르고, 영적 기운의 힘을 빌리기도 하고, 급기야 꼭두새벽부터 절까지 가서 약수를 받아와 밥을 지어 먹는 정성을 들였다.

그렇게까지 했음에도 임신은 실패로 끝나면서 결국엔 의료 기술의 힘을 빌렸다. 그제야 난임 병원을 찾아서 배란 요법, 인공 수정, 시험관 아기 시술을 단계별로 시도했다. 돌이켜 보니, 나이가 어려서가 아니라 내가 난임에 대한 정보가 없어서였고, 남들처럼 아기도 우연히 찾아올 거라는 막연한 바람으로 오직 기다렸을 뿐이다.

아무리 시대가 급변하고 의학 의술이 발전되었다지만, 여전히 아기를 낳고 싶어도 생기지 않는 부부들이 있다. 이 난임 여정을 쓰면서 모든 난임 부부들에게 위로의 마음에 더해 절대로 포기하지 말라는 말을 하고 싶었다. 나 또한 그동안 계속되는 실패로 포기하고 싶고 도망치고 싶은 순간이 수백 번이었지만, 그래도 아이에 대한 희망을 가슴 한편에 간직했기에 여기까지 올 수 있었다. 7년의 난임 기간을 힘들게 버텨온 한 걸음 한 걸음이 아이를 만나러 가는 길이었다.

시험관 아기 시술로 얻은 우리 아이들이 벌써 청소년이 되었다. 그동안 아기를 낳고 육아를 하느라 정신없이 바쁘게 살았다.

세월이 흐르고 아이를 키우면서 조금씩 부모님에 대해서도 깨닫는 부분이 많았다. 역시 내가 부모가 되어보니 이해할 수 있었다. 책을 쓰는 중간중간 부모님에 대한 감정이 북받쳐 올라 멈추기를 반복했었다. 모나고 그릇된 마음에 미워하고 증오했던 기억은 물론 상했던 감정을 떠올리면 뜨거운 눈물이 멈출 줄 모르고, 용서를 빌고 싶은 마음뿐이다.

연로하신 그분들은 여전히 크고 너른 품으로 우리를 안아 주시며 세월의 두께만큼 거칠어진 손으로 눈물을 닦아주실 것이다. 흐르는 강물처럼, 연로하신 부모님은 뒤에서 자꾸만 등을 떠밀어 마지막 남은 힘까지 보태주시면서 자식들을 잘 키우라고 응원해 주시는데 우리 역시도 부모의 마음이 된다. 그것이 우리가 계속 아이를 낳고 살아가는 이유이다.

마지막으로, 우리 부부가 책을 출간한다는 일은 귀하게 얻은 남매가 시험관 아기라는 것을 만천하에 알리는 셈이다. 나약하게 살아온 터라 몇 번이고 쓰기를 멈추었고, 다시 일어설 수 있는 용기가 필요했다. 망설이는 나에게 남편은 오히려 우리 아이들이 자랑스럽다며 용기를 잃지 말라고 했다. 비록 지극히 평범하고 개인적인 가정사일 수 있지만, 누군가에게는 위로와 용기를 줄 수 있다는 믿음으로 달려올 수 있었다. 희망의 끈을 놓지 않으면 꼭 아기가 품에 안겨 온다는 믿음을 함께 나누고 싶다.

세상의 성공한 사람들은 모두 기다림에 성공한 사람이다. 우리 부부가 7년의 난임 기간을 눈물 속에 힘들게 버텨온 한 걸음 한 걸음이 아기를 만나러 가는 길이었다. 모든 난임 부부에게 진심을 담아 위로의 마음에 더해 절대로 포기하지 말라는 말을 전하고 싶다. 먼 길을 돌아올 뿐이지, '아기'는 선물처럼 당신 품에 안겨올 것이다!

기다림은 희망을 낳고
아기, 결혼을 완성하는 마지막 퍼즐

지은이 | 민선미
펴낸이 | 박영발
펴낸곳 | W미디어
등록 | 제2005-000030호
1쇄 발행 | 2024년 9월 1일
주소 | 서울 양천구 목동 907 현대월드타워 1905호
전화 | 02-6678-0708
E-mail | wmedia@naver.com

ISBN 979-11-89172-52-7 (03810)

값 16,800원